LES TRENTE-NEUF MARCHES

Éditions du Masque
17, rue Jacob - 75 006 Paris
www.lemasque.com

LES TRENTE-NEUF MARCHES

John Buchan

Traduit de l'anglais (Royaume-Uni)
par Théo Varlet
Traduction révisée

Titre original
THE THIRTY-NINE STEPS

ISBN : 978-2-7024-3821-3

Conception graphique et couverture : WE-WE

John Buchan est né en 1875 en Écosse. Après des études de droit à Oxford, il mène de front carrière politique et écriture. Il est successivement directeur de l'information dans le cabinet de Lloyd George pendant la Première Guerre mondiale, puis gouverneur général du Canada en 1935. Tour à tour romancier, journaliste, biographe, historien, il a laissé derrière une œuvre imposante. Ce sont ses romans d'aventures qui l'ont rendu célèbre. Il crée le personnage de Richard Hannay, le héros des *Trente-Neuf Marches*, modèle de l'espion moderne.

Les Trente-Neuf Marches ont été adaptées au cinéma par Alfred Hitchcock en 1935.

AUX ÉDITIONS DU MASQUE

John Buchan, (t. 1), collection Les Intégrales.

1
L'homme qui mourut

Cet après-midi de mai, je revins de la City vers les 15 heures, complètement dégoûté de vivre. Après trois mois passés dans la mère patrie, j'en avais assez. Si quelqu'un m'avait prédit un an plus tôt que j'en arriverais là, je lui aurais ri au nez ; pourtant c'était un fait. Le climat me rendait mélancolique, la conversation de la généralité des Anglais me donnait la nausée ; je ne prenais pas assez d'exercice, et les plaisirs de Londres me paraissaient fades comme de l'eau de Seltz qui est restée au soleil.

Richard Hannay, mon ami, me répétais-je, tu t'es trompé de filon, il s'agirait de sortir de là.

Je me mordais les lèvres au souvenir des projets que j'avais échafaudés pendant ces dernières années à Bulawayo. En y amassant ma fortune – il y en a de plus grosses, mais je la trouvais suffisante –, je m'y étais promis des plaisirs de toutes sortes. Emmené loin de l'Écosse par mon père dès l'âge de six ans, je n'étais pas revenu au pays depuis lors. L'Angleterre m'apparaissait donc comme dans un rêve des Mille et Une Nuits, et je comptais m'y établir pour le restant de mes jours.

Mais je fus vite désenchanté. Au bout d'une semaine j'étais las de voir les curiosités de la ville et en moins d'un mois j'en avais assez des restaurants, des théâtres et des courses de chevaux. Mon ennui provenait sans doute de ce que je n'avais pas de vrai ami pour m'y accompagner. Beaucoup de gens m'invitaient chez eux, mais ils ne s'intéressaient guère à moi. Ils me posaient deux ou trois questions sur l'Afrique du Sud, et puis revenaient à leurs affaires personnelles. De grandes dames attachées à l'Empire britannique me conviaient à des thés où je rencontrais des instituteurs de Nouvelle-Zélande et des directeurs de journaux de Vancouver, et où je m'ennuyais au-delà de tout. Ainsi donc, à trente-sept ans, sain et robuste, pourvu d'assez d'argent pour me payer du bon temps, je bâillais à longueur de journée à me décrocher la mâchoire. Un peu plus et je décidais de prendre le large et de retourner dans le « veld[1] », car j'étais l'homme le plus parfaitement ennuyé du Royaume-Uni.

Cet après-midi-là je venais de tarabuster mon agent de change au sujet de placements, à seule

1. La steppe sud-africaine. *Toutes les notes sont du traducteur.*

fin de m'occuper l'esprit, et avant de retourner chez moi j'entrai à mon club – un estaminet pour mieux dire, qui admettait des ressortissants des colonies comme membres. Je pris un apéritif noyé dans l'eau en lisant les journaux du soir. Ils ne parlaient que du conflit dans le Proche-Orient, et il y avait entre autres un article sur Karolidès, le Premier ministre grec. Il me plaisait, ce gars-là. C'était sous tous rapports le seul homme en vue considérable ; et, de plus, il jouait un jeu loyal, ce qu'on n'eût pu dire de beaucoup d'autres. J'appris qu'on le haïssait comme une vraie bête noire à Berlin et à Vienne, mais que nous allions le soutenir ; et un journal voyait même en lui la dernière barrière entre l'Europe et la catastrophe. Je me souviens de m'être demandé à ce propos s'il n'y aurait pas un emploi pour moi dans ces coins-là. L'Albanie me semblait être le seul pays où l'on fût à l'abri du bâillement.

Vers 18 heures, je rentrai chez moi, m'habillai, dînai au café Royal et entrai dans un music-hall. Le spectacle était ridicule : des femmes faisant des entrechats et des hommes des grimaces de singes. Aussi je ne restai pas longtemps. La nuit étant douce et limpide, je regagnai à pied l'appartement que j'avais loué près de Portland Place. Autour de moi la foule se répandait sur les trottoirs, occupée et bavarde, et j'enviai les gens d'avoir tant à faire. Ces vendeuses, employés, dandies, agents de police avaient au moins dans la vie un intérêt qui les faisait avancer. Je donnai une demi-couronne à un mendiant que je vis bâiller : c'était un frère de misère. À Oxford Circus je pris à témoin le ciel de printemps et fis un vœu. J'accordais un dernier jour à ma vieille patrie pour me procurer quelque chose à ma convenance : si rien n'arrivait, je retournerais au Cap par le prochain bateau.

Mon appartement formait le premier étage d'un nouvel immeuble situé derrière Langham Place. Il y avait un escalier commun, avec un portier et un garçon d'ascenseur à l'entrée, mais il n'y avait ni restaurant ni rien de ce genre, et chaque appartement était tout à fait indépendant des autres. Comme je déteste les domestiques à demeure, j'avais pris à mon service un garçon qui venait chaque jour. Il arrivait le matin avant 8 heures et repartait d'habitude à 19 heures, car je ne dînais jamais chez moi.

Je venais d'introduire ma clef dans la serrure quand un homme surgit à mes côtés. Je ne l'avais pas vu s'approcher, et son apparition soudaine me fit tressaillir. C'était un individu fluet à la courte barbe brune et aux petits yeux bleus perçants. Je reconnus le locataire du dernier étage, avec qui j'avais déjà échangé quelques mots dans l'escalier.

— Puis-je vous parler ? dit-il. Me permettez-vous d'entrer une minute ?

Il contenait sa voix avec effort, et sa main me tapotait le bras.

J'ouvris ma porte et le fis entrer. Il n'eut pas plus tôt franchi le seuil qu'il prit son élan vers la pièce du fond, où j'avais l'habitude de fumer et d'écrire. Puis il revint en un éclair.

— La porte est-elle bien fermée ? demanda-t-il fiévreusement.

Et il assujettit la chaîne de sa propre main.

— Je suis absolument confus, dit-il humblement. Je me permets bien des libertés à votre égard, mais vous me semblez être le type d'homme capable de comprendre. Je vous observe depuis depuis huit jours que les choses se sont gâtées. Dites, voulez-vous me rendre un service ?

— Je veux bien vous écouter, fis-je. C'est tout ce que je peux promettre.

Ce petit bonhomme nerveux commençait à m'inquiéter avec toutes ses mimiques.

Il avisa sur la table à côté de lui un plateau à liqueurs et se versa un whisky-soda bien tassé. Il l'avala en trois gorgées et brisa le verre en le reposant.

— Excusez-moi, dit-il. Je suis un peu agité, ce soir. Voyez-vous, en fait, à l'heure actuelle je suis mort.

Je m'installai dans un fauteuil et allumai une pipe.

— Quel effet cela fait-il ? demandai-je.

J'étais bien convaincu d'avoir affaire à un fou.

Un sourire fugitif illumina son visage contracté :

— Non, je ne suis pas fou... du moins pas encore. Tenez, monsieur, je vous ai observé, et je pense que vous êtes un type de sang-froid. Je crois aussi que vous êtes un honnête homme et que vous n'auriez pas peur de jouer une partie dangereuse. Je vais me confier à vous. J'ai besoin d'aide plus que personne au monde et je veux savoir si je peux compter sur vous.

— Racontez-moi votre histoire, répondis-je, et je vous dirai ça.

Il parut rassembler toutes ses forces et puis entama un récit des plus abracadabrants. Au début je n'y comprenais rien et je dus l'arrêter et lui poser des questions. En voici l'essentiel :

Il était né en Amérique, dans le Kentucky. Ses études terminées, comme il avait de l'argent, il se mit en route afin de voir le monde. Il écrivit un peu, fut correspondant de guerre pour un journal de Chicago et passa un an ou deux dans le sud-est de l'Europe. Je m'aperçus qu'il était doué pour les langues et qu'il avait beaucoup fréquenté la haute société de ces régions. Il citait familièrement bien des noms que je me rappelais avoir vus dans les journaux.

Il s'était mêlé à la politique, me raconta-t-il, d'abord parce qu'elle l'intéressait, et ensuite par effet d'entraînement. Je devinais en lui un garçon vif et d'esprit inquiet, désireux d'aller toujours au fond des choses. Il alla un peu plus loin qu'il ne l'eût voulu.

Je rapporte ici ce qu'il me raconta, pour autant que j'ai pu comprendre ses paroles. Derrière les gouvernements et les armées, il existait d'après lui un puissant mouvement occulte, organisé par des individus redoutables. Ce qu'il en avait découvert par hasard le fascinait. Il s'y intéressa un peu plus et finit par se laisser prendre. D'après lui, l'association était composée à la fois d'anarchistes révolutionnaires et d'hommes d'affaires influents qui n'étaient là que pour l'argent. Un homme habile peut en effet réaliser de gros bénéfices sur un marché en baisse. Et, pour des raisons différentes, ces deux types de membres souhaitaient semer la discorde en Europe.

Il me révéla plusieurs faits bizarres qui expliquaient un tas de choses qui m'avaient intrigué au sujet de la guerre des Balkans : comment un État prit tout à coup le dessus, pourquoi des alliances furent nouées et rompues, pourquoi certains hommes disparurent et d'où venait le nerf de la guerre. Le but ultime de cette machination était de monter la Russie et l'Allemagne l'une contre l'autre.

Je lui en demandai la raison. Il me répondit que les anarchistes croyaient triompher grâce à la guerre. Du chaos général qui en résulterait, émergerait d'après eux un monde nouveau. Quant aux capitalistes, ils rafleraient la mise et feraient fortune en rachetant les ruines. Il me dit que le capital manquait de conscience aussi bien que de patrie. Derrière le capital, d'ailleurs, il y avait les Juifs, qui détestaient la Russie encore plus que le diable.

— Quoi d'étonnant ? s'écria-t-il. Voilà trois cents ans qu'on les persécute ! Cela n'est qu'une juste revanche des pogroms. Les Juifs sont partout, mais il faut descendre jusqu'au bas de l'escalier de service pour les découvrir. Prenez par exemple une grosse maison d'affaires allemande. Si vous avez à traiter avec elle, le premier personnage que vous rencontrez est le prince *von und zu* Quelque chose, un élégant jeune homme qui parle un anglais tout universitaire, sans morgue toutefois. Si votre affaire est d'importance, vous allez trouver derrière lui un Westphalien prognathe au front fuyant et distingué comme un goret. C'est là l'homme d'affaires allemand qui inspire une telle frousse à vos journaux anglais. Mais s'il s'agit d'un marché tout à fait sérieux qui vous oblige à voir le vrai patron, il y a dix contre un à parier que vous serez mis en présence d'un petit Juif blême au regard de serpent à sonnette et affalé dans un fauteuil d'osier. Oui, monsieur, voilà l'homme qui dirige le monde à l'heure actuelle, et cet homme rêve de poignarder l'Empire du tsar, parce que sa tante a été violentée et son père knouté dans une masure des bords de la Volga.

Je ne pus m'empêcher de lui dire que ses Juifs-anarchistes me paraissaient avoir gagné bien peu de terrain.

— Oui et non, répondit-il. Ils ont progressé jusqu'à un certain point, mais ils se sont heurtés à plus fort que la finance, à ce qu'on ne peut acheter, aux vieux instincts combatifs essentiels à l'humanité. Quand vous allez vous faire tuer, vous dénichez un drapeau et un pays quelconques à défendre, et, si vous en réchappez, vous les aimez pour de bon. Ces imbéciles de soldats ont pris la chose à cœur, ce qui a bouleversé le joli plan élaboré à Berlin et à Vienne. Toutefois mes bons amis sont loin d'avoir joué leur dernière carte. Ils ont gardé l'as dans leur manche et, à moins que je ne parvienne à rester vivant un mois encore, ils vont le jouer et gagner.

— Mais je croyais que vous étiez mort ! interrompis-je.

— *Mors janua vitae*[1], sourit-il. (Je reconnus la citation : c'était à peu près tout ce que je savais de latin.) J'y arrive, mais je dois vous instruire d'un tas de choses auparavant. Si vous lisez les journaux, vous connaissez sans doute le nom de Constantin Karolidès ?

Je dressai l'oreille à ces mots, car je venais de lire des articles sur lui l'après-midi même.

— C'est l'homme qui a fait échouer toutes leurs combinaisons. Voilà le seul grand cerveau de toute la bande, et il se trouve de plus que c'est un honnête homme. Voilà pourquoi ils ont décidé de le tuer il y a douze mois. J'ai fait cette découverte sans peine, car elle était à la portée du premier venu. Mais j'ai découvert en outre le moyen qu'ils se proposent d'employer, et cette connaissance était périlleuse. Voilà pourquoi j'ai dû trépasser.

Il prit un nouveau whisky, et je m'en fis un également, car l'animal commençait à m'intéresser.

1. La mort est la porte de la vie.

— Ils ne peuvent l'atteindre directement dans son pays, car il a une garde rapprochée composée d'Épirotes qui tueraient père et mère pour lui. Mais le 15 juin il doit venir à Londres. Le Foreign Office britannique a eu l'idée de donner des réceptions internationales, dont la plus importante est fixée à cette date. Or on compte sur Karolidès comme principal invité, et, si mes amis en font à leur guise, il ne reverra jamais ses enthousiastes concitoyens.

— Mais c'est bien simple, dis-je. Avertissez-le de rester chez lui.

— Et j'entrerais dans leur jeu ? répliqua-t-il vivement. S'il ne vient pas, les voilà victorieux, car il est le seul qui puisse démêler la crise. Et si l'on prévient son gouvernement il ne viendra pas, car il ignore toute l'importance que les enjeux atteindront le 15 juin.

— Et pourquoi pas le gouvernement britannique ? fis-je. Nos dirigeants ne vont pas laisser massacrer leurs hôtes. Faites-leur signe, et ils prendront des précautions supplémentaires.

— Mauvaise idée. On peut truffer la ville de policiers en civil et doubler le service d'ordre, Constantin n'en sera pas moins un homme mort. Mes amis ne jouent pas ce jeu pour des prunes. Ils tiennent à supprimer Karolidès dans une grande occasion, où toute l'Europe aura les yeux sur lui. Il sera assassiné par un Autrichien, et toutes les preuves seront réunies pour démontrer la connivence des gros bonnets de Vienne et de Berlin. Le tout d'une fausseté diabolique, bien entendu, mais l'affaire paraîtra noire à souhait pour le public. Je sais de quoi je parle, mon cher monsieur. Je suis arrivé à connaître dans le moindre détail cette infernale machination, et je puis vous dire qu'on n'aura pas vu ignominie plus raffinée depuis les Borgia. Mais cela ne se produira pas si un certain individu qui connaît les rouages de l'affaire se trouve encore vivant à Londres à la date du 15 juin. Et cet individu n'est autre que votre serviteur, Franklin P. Scudder.

Il commençait à me plaire, ce petit bonhomme. Ses mâchoires claquèrent comme un piège à rats, et l'ardeur du combat brillait dans ses yeux perçants. S'il me débitait un conte, il était certainement bon acteur.

— D'où tenez-vous cette histoire ? lui demandai-je.

— J'en eus le premier soupçon dans une auberge de l'Achensee, dans le Tyrol. Cela me mit la puce à l'oreille, et je rassemblai des documents dans un magasin de fourrures du quartier galicien de Budapest, puis au Cercle des étrangers de Vienne, et dans une petite librairie voisine de la Racknitzstrasse, à Leipzig. Je complétai mes preuves il y a dix jours, à Paris. Je ne puis vous les exposer en détail à présent, car ce serait trop long. Lorsque ma conviction fut faite, je jugeai de mon devoir de disparaître, et je regagnai cette cité par un détour invraisemblable. Je quittai Paris en tant que jeune franco-américain à la mode, et je m'embarquai diamantaire juif à Hambourg. En Norvège, je fus un Anglais amateur d'Ibsen réunissant des matériaux pour ses conférences, mais au départ de Bergen j'étais un cinéaste spécialisé dans les films de ski. Et j'arrivai ici de Leith avec, dans ma poche, quantité d'offres de pâte à papier destinées aux journaux de Londres. Jusqu'à hier je crus avoir suffisamment brouillé ma piste et j'étais satisfait. Mais...

Ce souvenir parut le bouleverser, et il avala une nouvelle rasade de whisky.

— Mais je vis un homme posté dans la rue en face de cet immeuble. Je restais d'ordinaire enfermé chez moi toute la journée, ne sortant qu'une heure ou deux après la tombée de la nuit. Je le surveillai un bout de temps par ma fenêtre et je crus le reconnaître... Il entra et parla au portier... En revenant de promenade hier soir je trouvai une carte dans ma boîte aux lettres. Elle portait le nom de l'homme que je souhaite le moins rencontrer sur terre.

Le regard que je surpris dans les yeux de mon interlocuteur et le réel effroi peint sur ses traits achevèrent de me convaincre. Je haussai la voix d'un ton pour lui demander ce qu'il avait ensuite fait.

— Je compris que j'étais emboîté comme un hareng mariné et qu'il me restait un seul moyen d'en sortir. Je n'avais plus qu'à décéder. Si mes persécuteurs me croyaient mort, leur vigilance se rendormirait.

— Et comment avez-vous fait ?

— Je racontai à l'homme qui me sert de valet que je me sentais au plus mal et je m'efforçai de prendre un air d'enterrement. J'y arrivai sans peine, car je ne suis pas mauvais comédien. Puis je me procurai un cadavre – il y a toujours moyen de se procurer un cadavre à Londres quand on sait où s'adresser. Je le ramenai dans une malle sur un fiacre à galerie et je fus obligé de me faire soutenir pour remonter jusqu'à mon étage. Il me fallait, voyez-vous, accumuler des témoignages en vue de l'enquête. Je me mis au lit et ordonnai à mon serviteur de me confectionner un grog, après quoi je le renvoyai. Il voulait aller chercher un docteur, mais je me mis à râler, disant que je ne pouvais souffrir les drogues. Le cadavre avait la même taille que moi, et, comme j'estimai qu'il était mort par excès d'alcool, je disposai çà et là des bouteilles bien en vue. La mâchoire était le point faible de la ressemblance, mais je la lui fis sauter d'un coup de revolver. Il se trouvera je suppose demain quelqu'un pour jurer avoir entendu la détonation, mais il n'y a pas de voisin à mon étage, et je crus pouvoir risquer la chose. Je laissai donc le corps dans mon lit, vêtu de mon pyjama, avec un revolver à l'abandon sur les couvertures et un désordre considérable alentour. Puis je revêtis un complet que je gardais en réserve en cas d'urgence. Je n'osai pas me raser, craignant de laisser un indice, et d'ailleurs il était complètement inutile pour moi de songer à gagner la rue. Je vous avais en tête depuis le début de la journée, et ma seule solution était de m'adresser à vous. De ma fenêtre je guettai votre retour, puis descendis l'escalier à votre rencontre... Et maintenant, monsieur, vous en savez à peu près autant que moi sur cette affaire.

Il s'assit en clignant des yeux comme une chouette, gigotant de nervosité et néanmoins déterminé. J'étais à ce moment-là entièrement persuadé de sa franchise envers moi. Bien que son récit fût complètement invraisemblable, j'avais maintes fois déjà entendu raconter des histoires farfelues dont j'apprenais plus tard l'authenticité, et je m'étais fait une règle de juger le narrateur plutôt que son histoire. S'il avait prétendu élire domicile dans mon appartement à cette fin de me couper la gorge, il aurait inventé un conte plus facile à gober.

— Passez-moi votre clef, lui dis-je, que j'aille jeter un coup d'œil au cadavre. Excusez ma méfiance, mais je tiens à vérifier par moi-même.

Il secoua la tête d'un air désolé.

— Je pensais bien que vous me la demanderiez ; mais je ne l'ai pas prise. Elle est restée sur ma chaîne, sur la table de toilette. Il me fallait l'abandonner, car je ne pouvais laisser aucun indice propre à exciter des soupçons. Les hommes qui sont après moi sont des gens très intelligents. Vous devez me faire confiance pour cette nuit, et demain vous aurez bien suffisamment la preuve de l'histoire du cadavre.

Je réfléchis quelques instants.

— Soit. Vous pouvez rester cette nuit. Je vais vous enfermer dans cette pièce et emporter la clef... Un dernier mot, monsieur Scudder. Je crois en votre sincérité, mais, si vous deviez me décevoir, je vous préviens que je sais manier un pistolet.

— Bien sûr, fit-il, en se dressant avec une certaine vivacité. Je n'ai pas l'honneur de vous connaître de nom, monsieur, mais permettez-moi de vous dire que vous êtes un homme bien... Je vous serais obligé de me prêter un rasoir.

Je l'emmenai dans ma chambre à coucher, que je mis à sa disposition. Au bout d'une demi-heure il en sortit un personnage que j'eus peine à reconnaître. Seuls ses yeux perçants et malicieux étaient les mêmes. Il avait rasé barbe et moustaches, fait une raie de milieu et taillé ses sourcils. De plus il se tenait comme à la parade et représentait, avec son teint basané, le type même de l'officier britannique resté longtemps aux Indes. Il tira aussi un monocle, qu'il cala sur son œil, et toute trace d'accent américain avait disparu de son langage.

— Ma parole ! Monsieur Scudder..., bégayai-je.

— Plus M. Scudder, rectifia-t-il ; le capitaine Theophilus Digby, du 40e Gurkhas, actuellement en permission. Je vous serais obligé, monsieur, de vous en souvenir.

Je lui improvisai un lit dans mon fumoir et gagnai moi-même mon divan, plus excité que je ne l'avais été depuis un mois. Enfin il se passait quelque chose dans cette métropole de malheur !

Je fus réveillé le lendemain matin par le tapage du diable que faisait mon valet, Paddock, en s'acharnant sur la porte du fumoir. Ce Paddock était un garçon que j'avais tiré d'affaire là-bas, dans le Selakwi, et emmené comme domestique lors de mon retour en Angleterre. Il s'exprimait avec l'élégance d'un hippopotame et n'entendait pas grand-chose à son service, mais je pouvais du moins compter sur sa fidélité.

— Assez de chahut, Paddock, lui dis-je. Il y a un ami à moi, le capitaine... le capitaine (je n'arrivais pas à retrouver son nom) en train de dormir là-dedans. Prépare le petit déjeuner pour deux et je t'expliquerai.

Je racontai à mon Paddock une jolie histoire : mon ami, quelqu'un de très important, était à bout de nerfs du fait d'un excès de travail. Il lui fallait un repos et une tranquillité absolus. Personne ne devait le savoir chez moi, ou sinon il se verrait assailli de communications du secrétariat des Indes et du Premier ministre, et adieu sa cure de repos. Je dois dire que Scudder joua son rôle à merveille lors du petit déjeuner. Il fixa Paddock à travers son monocle, tel un vrai officier anglais, l'interrogea sur la guerre des Boers, et sortit un tas d'anecdotes sur des camarades imaginaires. Paddock n'était jamais parvenu à me dire « sir », mais à Scudder il en donna comme si sa vie en dépendait.

Je laissai mon hôte en compagnie du journal et d'une boîte de cigares et partis pour la City.

Lorsque j'en revins, à l'heure du déjeuner, le garçon d'ascenseur m'accueillit d'un air solennel.

— Sale affaire ici ce matin, monsieur. Le gentleman du n° 15 s'est flanqué une balle dans la tête. On vient de l'emporter à la morgue. La police est là-haut à présent.

Je montai au n° 15 et trouvai deux agents et un commissaire en train d'examiner les lieux. Je leur posai quelques questions stupides, et ils s'empressèrent de me renvoyer. J'arrêtai alors le garçon qui avait servi Scudder pour lui tirer les vers du nez, mais je vis tout de suite qu'il ne soupçonnait rien. C'était un type pleurnichard à face de sacristain, et une demi-couronne aida fortement à le consoler.

J'assistai à l'enquête du lendemain. Le gérant d'une maison d'édition déclara que le défunt était venu lui proposer de la pâte à papier et qu'il le croyait employé d'une entreprise américaine. Le jury conclut à un suicide dans un accès de fièvre chaude, et les quelques effets du mort furent transmis au consulat des États-Unis pour qu'il en disposât. Je racontai l'affaire en détail à Scudder, qui s'amusa beaucoup. Il regrettait de n'avoir pu assister à l'enquête, car il eût trouvé cela aussi savoureux que de lire sa propre nécrologie.

Durant les deux premiers jours qu'il passa chez moi dans cette pièce de derrière, il se tint fort tranquille. Il lisait, fumait ou griffonnait abondamment sur un calepin, et chaque soir nous faisions une partie d'échecs, où il me battait à plates coutures. Il tâchait, je crois, d'apaiser ses nerfs, qui venaient d'être soumis à une rude épreuve. Mais le troisième jour je m'aperçus qu'il commençait à redevenir inquiet. Il énuméra les jours restants jusqu'au 15 juin et les pointa au crayon rouge l'un après l'autre, ajoutant en regard des notes sténographiques. Je le trouvais fréquemment absorbé dans une sombre rêverie, les yeux dans le vague, et ces accès méditatifs étaient suivis d'un grand abattement.

Je ne tardai pas à voir qu'il était de nouveau sur des charbons ardents. Il prêtait l'oreille au moindre bruit et me demandait sans cesse si l'on pouvait se fier à Paddock. Une ou deux fois il se montra fort hargneux et s'en excusa. Je ne lui en voulus pas. J'étais plein d'indulgence, car il avait entrepris une tâche bien difficile.

Son salut personnel le préoccupait bien moins que la réussite du plan qu'il avait conçu. Ce petit bonhomme était un vrai silex, sans le moindre point faible. Un soir il prit un air très grave et me dit :

— Écoutez, Hannay, il me semble que je dois vous mettre un peu plus au courant de cette histoire. Je serais navré de disparaître sans laisser quelqu'un d'autre pour soutenir la lutte.

Et il m'exposa en détail ce qu'il m'avait appris dans les grandes lignes.

Je ne lui accordai pas grande attention. Le fait est que ses aventures m'intéressaient plus que ses histoires de politique internationale. Karolidès et ses affaires ne me regardaient pas, et là-dessus je m'en remettais complètement à Scudder. Je retins donc peu de chose de ce qu'il me dit. Il fut très net, je m'en souviens, sur ce point : le danger ne commencerait pour Karolidès qu'avec son arrivée à Londres, et ce danger viendrait des plus hautes sphères, que n'atteindrait pas une ombre de soupçon. Il mentionna le nom d'une femme – Julia Czechenyi – comme associée à ce danger. Elle devait, d'après lui, servir d'appeau et soustraire Karolidès à la surveillance de ses gardes du corps. Il évoqua aussi une certaine Pierre-Noire et un homme qui zézayait en parlant, et il me décrivit très minutieusement un personnage qu'il ne pouvait évoquer sans frémir – un vieillard à la voix juvénile et dont les yeux s'encapuchonnaient à volonté comme ceux d'un épervier.

Il parla aussi beaucoup de la mort. Il craignait de ne pouvoir mener à bien sa mission, mais ne redoutait pas d'être tué.

— Mourir ? J'imagine que ce doit être comme de s'endormir après une grande fatigue, et de s'éveiller par un beau jour d'été où la senteur des foins entre par la fenêtre. J'ai souvent remercié Dieu pour des matins de ce genre, jadis dans l'Amérique profonde, et je pense que je Le remercierai en m'éveillant de l'autre côté du Jourdain.

Le lendemain il fut beaucoup plus gai, et lut presque toute la journée la vie de Stonewall

Jackson[1]. Je sortis pour aller dîner avec un ingénieur des mines que je devais voir au sujet d'affaires et rentrai vers 22 h 30, à temps pour notre partie d'échecs avant de nous mettre au lit.

Je me souviens que j'avais un cigare aux lèvres lorsque je poussai la porte du fumoir. L'électricité n'était pas allumée, ce qui me parut étrange. Je me demandai si Scudder était déjà couché.

Je tournai le commutateur : il n'y avait personne dans la pièce. Mais j'aperçus dans le coin le plus éloigné quelque chose dont la vue me fit lâcher mon cigare et m'envahit d'une sueur froide...

Mon hôte gisait étendu sur le dos. Un long coutelas qui lui traversait le cœur le clouait au plancher.

1. Un des généraux sudistes.

2
Où le laitier part en voyage

Je m'effondrai dans un fauteuil, prêt à défaillir. Cette sensation dura peut-être cinq minutes et fut suivie d'un accès d'horreur folle : la vue de ce visage terriblement pâle aux yeux fixant le vide m'était insupportable. Je réussis enfin à prendre une nappe que j'étendis dessus ; puis j'allai en titubant jusqu'au buffet et m'emparai du cognac dont j'absorbai plusieurs goulées. Ce n'était certes pas la première fois que je voyais des gens mourir de mort violente ; et j'en avais moi-même occis plusieurs durant la guerre Matabélé. Mais ce crime, commis de sang-froid et à huis clos, était tout autre chose. Je parvins pourtant à me ressaisir. Je consultai ma montre ; elle marquait 22 h 30.

Une idée me vint à l'esprit, et je me mis à explorer minutieusement toutes les pièces : il n'y avait personne, ni aucune trace de qui que ce soit. Je fermai alors tous les volets et les fenêtres au verrou et mis la chaîne à la porte.

Je recouvrai enfin mes esprits et la faculté de penser. Il me fallut près d'une heure pour mettre la situation au clair ; et je pris mon temps, car, à moins d'un retour inopiné du meurtrier, il me restait jusqu'à 6 heures du matin pour réfléchir.

J'étais dedans jusqu'au cou. Toute ombre de doute quant à la véracité des propos de Scudder avait maintenant disparu. La preuve de son histoire se trouvait là, sous la nappe. Les hommes qui savaient qu'il savait ce qu'il savait l'avaient découvert, et avaient utilisé le meilleur moyen pour s'assurer de son silence. Soit. Mais il venait de passer quatre jours chez moi, et ses ennemis devaient bien supposer qu'il m'avait tout dit. Donc, cela allait être à mon tour d'y passer. Peut-être cette nuit même, ou demain, ou après-demain, mais de toute façon mon compte était bon.

Soudain je m'avisai d'une autre probabilité. Je pouvais soit aller maintenant à la police, soit me coucher et laisser à Paddock le soin de trouver le corps et d'appeler le commissariat. De toute façon, qu'allais-je bien pouvoir raconter sur Scudder ? J'avais déjà menti à Paddock, et toute l'affaire paraissait déplorablement louche. Si j'avouais à la police ce qu'il m'avait raconté, c'est évident qu'on ne me prendrait pas au sérieux. J'avais mille chances contre une de me voir accusé du meurtre, et les preuves matérielles étaient suffisantes pour me faire condamner à mort. Peu de gens me connaissaient en Angleterre ; je n'avais pas un seul vrai ami susceptible de témoigner en ma faveur. Peut-être les ennemis secrets de Scudder comptaient-ils là-dessus. Ils étaient capables de tout, et une prison anglaise était un aussi bon moyen de se débarrasser de moi jusqu'au 15 juin qu'un coup de couteau dans ma poitrine.

D'ailleurs, si je racontais toute l'histoire, et si par miracle on me croyait, j'aurais joué leur jeu. Karolidès resterait chez lui, et ils n'en demandaient pas plus. En tout cas, le visage éteint de Scudder m'avait inspiré une foi entière dans son projet. Il n'était plus, mais il m'avait fait confiance, et je ne pouvais faire autrement que de poursuivre sa mission.

On trouvera peut-être ce scrupule déplacé chez un homme en danger de mort, mais telle était ma façon de voir. Je suis un garçon comme tout le monde, pas plus brave qu'un autre, mais je déteste voir un bon champion abattu, et ce long couteau ne serait pas la fin de Scudder si je pouvais jouer la partie à sa place.

Au bout d'une heure ou deux passées à réfléchir, ma résolution était prise. Il me fallait disparaître d'une façon ou d'une autre, et demeurer incognito jusque vers la fin de la première quinzaine de juin. À ce moment je devrais par un moyen ou un autre me mettre en rapport avec les gens du gouvernement et leur répéter ce que Scudder m'avait confié. Je regrettai de tout mon cœur qu'il ne m'en eût pas dit davantage et que je n'eusse pas écouté plus attentivement le peu qu'il m'avait dit. Je ne connaissais rien en dehors des faits essentiels. Il y avait beaucoup de chances, même si j'esquivais les autres dangers, pour que l'on ne me crût finalement pas. Je devais en courir le risque et souhaiter qu'il survînt quelque incident capable de confirmer mon histoire aux yeux des autorités.

Mon premier devoir était de tenir encore trois semaines. Comme nous étions le 24 mai, cela signifiait vingt jours à me cacher avant de pouvoir tenter de joindre les membres concernés du gouvernement. Je prévoyais que deux catégories de gens me rechercheraient – les ennemis de Scudder, afin de me supprimer, et la police, qui m'accuserait du meurtre de Scudder. Cela s'annonçait comme une chasse vertigineuse. Mais cette perspective, loin de m'abattre, me stimulait. J'étais demeuré si longtemps oisif que j'accueillais avec joie toute occasion d'activité. Tant qu'il me fallait rester seul avec ce cadavre et m'en remettre au hasard, je ne valais pas mieux qu'un ver de terre écrasé ; mais du moment où le salut de ma tête dépendait de ma seule intelligence, j'affrontais le combat avec joie.

Je me posai ensuite la question de savoir si Scudder avait sur lui quelques papiers susceptibles de me renseigner un peu mieux. Je soulevai la nappe et explorai ses poches, car le corps ne m'inspirait plus aucune répugnance. Son visage était merveilleusement calme pour celui d'un homme frappé de mort violente. Il n'y avait rien dans la pochette de côté, et seulement quelques pièces de monnaie et un fume-cigare dans son gilet. Les poches de son pantalon renfermaient un petit canif et de l'argent, et la poche intérieure de la veste contenait un vieil étui à cigares en peau de crocodile. Pas la moindre trace du petit calepin noir sur lequel je l'avais vu prendre des notes. Je ne doutais pas que l'assassin l'eût emporté.

Mais, en relevant les yeux, je vis que les tiroirs du secrétaire étaient grands ouverts. Jamais Scudder ne les aurait laissés dans cet état, car il était très ordonné. Quelqu'un devait y avoir cherché quelque chose – peut-être le calepin.

Je passai en revue l'appartement et découvris que tout avait été fouillé – l'intérieur des livres, les tiroirs, les placards, les boîtes, jusqu'aux poches des vêtements dans ma garde-robe et au buffet de la salle à manger. Nulle part il n'y avait trace du carnet. Fort probablement l'ennemi l'avait trouvé, mais pas sur la dépouille de Scudder.

Je pris alors un atlas, et consultai une grande carte des îles Britanniques. Mon plan consistait à gagner une région sauvage où mettre à profit ma connaissance du veld, car dans une grande ville je serais comme un rat en cage. L'Écosse me parut convenir le mieux, puisque ma famille était écossaise et que je pouvais passer partout pour un homme du cru. Je songeai d'abord à me travestir en touriste allemand, car mon père avait eu des associés allemands, et l'on m'avait appris à parler couramment cette langue. Je m'étais encore perfectionné grâce à trois ans de « prospection » pour le cuivre au Damaraland germanique. Mais je comptai qu'il serait moins voyant d'être un Écossais, outre que la police me repérerait moins facilement. Comme région, je choisis le Galloway. C'était la partie sauvage de l'Écosse la plus proche, autant que j'en pouvais juger, et, à voir la carte, elle était très peu peuplée.

Je recherchai les horaires de train : un express quittait la gare de Saint-Pancras à 7 h 10. Je pourrais donc arriver dans la soirée à une gare quelconque du Galloway. C'était parfait, mais il m'importait davantage de savoir comment arriver à Saint-Pancras, car j'étais certain que les amis de Scudder surveillaient la maison. Ce détail me tracassa un moment ; puis j'eus une inspiration, sur quoi je me mis au lit et dormis deux heures d'un sommeil agité.

Je me levai à 4 heures et ouvris les persiennes de ma chambre à coucher. La faible lumière de ce beau matin de printemps envahissait le ciel, et les moineaux pépiaient déjà. Tout à coup, mes résolutions vacillèrent, et je me fis l'effet d'un fieffé imbécile. J'inclinai à laisser aller les choses, convaincu que la police anglaise verrait mon cas sous un jour raisonnable. Mais en récapitulant les faits, je ne trouvai plus aucun argument pour combattre ma décision de la nuit et je me résolus enfin, la bouche sèche, à exécuter mon plan. J'éprouvais non pas une peur réelle, mais comme une répugnance à aller au-devant des ennuis, si j'ose m'exprimer ainsi.

Je dénichai un vieux complet en tweed, une paire de bottes cloutées et une chemise de flanelle. Dans mes poches je bourrai une chemise de rechange, une casquette de drap, plusieurs mouchoirs et une brosse à dents. J'avais deux jours plus tôt retiré de la banque une bonne somme d'or, pour le cas où Scudder aurait eu besoin d'argent, et je pris là-dessus cinquante livres en pièces d'or dans une ceinture que j'avais rapportée de Rhodésie. C'était à peu près tout ce qu'il me fallait. Ensuite je pris un bain et taillai ma moustache, que je portais longue et tombante, en une courte frange en brosse.

Puis je passai à un autre exercice. D'ordinaire Paddock arrivait à 7 h 30 et ouvrait lui-même à l'aide d'un passe. Mais vers 6 h 40, j'en avais moi-même fait les frais, le laitier s'amenait à grand fracas de bouteilles et déposait ma commande devant la porte. J'avais vu plusieurs fois ce laitier en sortant pour une promenade matinale. C'était un jeune homme de ma taille à peu près, à la moustache peu fournie, et qui portait une blouse blanche. Sur lui reposaient toutes mes chances.

Je pénétrai dans le fumoir obscur où les rais du soleil naissant s'insinuaient peu à peu entre les lames des persiennes. J'y déjeunai d'un whisky-soda et de quelques biscuits trouvés dans le buffet. À ce moment il allait être 6 heures. Je mis une pipe dans ma poche et allai remplir ma blague au pot à tabac qui se trouvait sur la table voisine de la cheminée.

En manipulant le tabac, mes doigts rencontrèrent un objet dur. C'était le petit calepin noir de Scudder.

Cela me parut de bon augure. Je soulevai la nappe de dessus le cadavre et m'étonnai de voir la paix et la dignité de ce visage mort.

— Adieu, vieux camarade, lui dis-je. Je vais faire tout mon possible pour toi. Souhaite-moi bonne chance, où que tu sois.

Puis je restai dans le vestibule à attendre le laitier. Ce fut là le plus dur de l'affaire, car je n'en pouvais plus d'être enfermé. Il était 6 h 30, puis 6 h 40, et toujours pas de laitier. Cet imbécile avait choisi ce jour entre tous pour venir en retard.

Une minute après 6 h 45, je perçus au-dehors le tintamarre du laitier. J'ouvris la porte du palier : notre homme était là, sifflotant et dégageant mon mon demi-litre de lait de son porte-bouteilles.

Il sursauta un peu à mon apparition.

— Entrez donc un instant, lui dis-je. J'ai deux mots à vous dire.

Et je le fis passer dans la salle à manger.

— Je suis sûr que vous avez l'esprit sportif, repris-je, et j'ai besoin que vous me rendiez un service. Prêtez-moi votre casquette et votre blouse pour dix minutes, et cette pièce d'or est à vous.

Ses yeux s'élargirent à la vue de l'or, et il s'épanouit en un sourire.

— C'est quoi, comme jeu ? demanda-t-il.

— Un pari, fis-je. Je n'ai pas le temps de vous expliquer, mais pour le gagner il faut que je sois moi-même un laitier pendant dix minutes. Tout ce que vous avez à faire est de rester ici jusqu'à mon retour. Vous vous mettrez un peu en retard, mais cela ne fera de tort à personne, et vous aurez cette pièce d'or pour vous.

— Ça colle ! fit-il joyeusement. C'est pas moi qui vais empêcher jamais la rigolade. Tenez, patron, v'là les frusques.

Je mis sa casquette bleue et sa blouse blanche, pris les bouteilles, claquai ma porte et descendis l'escalier en sifflant. Le portier, en bas, me conseilla de « la fermer », ce qui voulait dire que mon déguisement était plausible.

Tout d'abord je pensai qu'il n'y avait personne dans la rue. Puis je vis un agent de police cent mètres plus loin et un vagabond qui traînait ses savates sur l'autre trottoir. Un instinct me fit lever les yeux vers la maison d'en face, et à une croisée du premier étage j'aperçus un visage. Le vagabond leva les yeux en passant, et je crus voir qu'ils échangeaient un signal.

Je traversai la rue, sifflant allègrement et imitant l'allure faraude du laitier. Mais au premier tournant, je pris une rue transversale et la remontai jusqu'à hauteur d'un terrain vague. Comme la rue était déserte, je lançai les bidons de lait pardessus la palissade et envoyai la coiffure et la blouse les rejoindre. Je venais à peine de mettre ma casquette lorsqu'un facteur déboucha du coin.

Je lui souhaitai le bonjour et il me répondit d'un air naturel. Sept heures sonnèrent à une église du voisinage.

Je n'avais plus une seconde à perdre. Sitôt arrivé dans Euston Road je pris mes jambes à mon cou. L'horloge de la gare d'Euston affichait 7 h 5. À Saint-Pancras je n'eus pas le temps de prendre un billet, d'autant que j'ignorais encore ma destination. Un porteur me désigna le quai, où j'arrivai comme le convoi s'ébranlait. Deux employés de la gare tentèrent de me barrer le passage, mais je les esquivai et sautai en marche dans la dernière voiture.

Trois minutes plus tard, tandis que le train filait en grondant sous les tunnels du nord, un contrôleur grincheux m'interpellait. Il me délivra un billet pour Newton-Stewart, nom qui m'était revenu tout à coup en mémoire, et il me fit passer du compartiment de première classe où je m'étais établi dans une troisième « fumeurs », occupée par un marin et une grosse femme avec un poupon. Il s'éloigna tout irrité, et en m'épongeant le front je fis remarquer à mes voisins dans mon écossais le plus épais que c'était une rude affaire d'attraper un train. J'étais déjà dans mon nouveau rôle.

— Je vous demande un peu, quel malhonnête, ce contrôleur ! prononça la dame, d'un ton acerbe. Heureusement qu'il y a des Écossais pour le remettre à sa place. Voulait-il pas me faire prendre un billet pour cette moucheronne qui aura tout juste un an au mois d'août et empêcher ce monsieur de cracher !

Le marin l'approuva d'un air flegmatique, et j'étrennai ma nouvelle vie dans une atmosphère de révolte contre l'autorité... Dire que huit jours plus tôt je trouvais le monde insipide.

3
L'aventure de l'aubergiste féru de littérature

Il faisait ce jour-là un temps magnifique pour voyager dans le Nord : un beau ciel de mai, avec toutes les haies d'aubépine en fleurs, et je me demandais comment, lorsque j'étais encore un homme libre, j'avais pu rester indéfiniment à Londres, sans jouir de ce pays paradisiaque. Je n'osai affronter le wagon-restaurant et pris à Leeds un panier-repas que je partageai avec la grosse femme. Par la même occasion je pris les journaux du matin, qui donnaient les pronostics pour le Derby et les premières nouvelles de la saison de cricket, plus quelques entrefilets sur la situation dans les Balkans et sur la visite à Kiel de l'escadre anglaise.

Les journaux parcourus, je tirai le petit calepin noir de Scudder et l'examinai. Il était presque tout rempli de notes, principalement de signes algébriques, parmi lesquels se détachait çà et là un nom en caractères ordinaires. Ainsi les mots « Hofgaard », « Lunéville » et « Avocado » revenaient très souvent, et plus encore le mot « Pavia ».

Or, maintenant je savais que Scudder ne faisait jamais rien sans raison. J'étais sûr qu'il s'agissait d'un code. La cryptographie est un sujet qui m'a toujours intéressé, et j'en ai fait moi-même un peu jadis comme agent de renseignements à Delagoa Bay au cours de la guerre des Boers. J'ai des dispositions pour les échecs, les réussites et autres jeux, et je m'estimais assez bon dans le déchiffrement des cryptogrammes.

Le code semblait être typiquement basé sur des chiffres qui correspondaient aux lettres de l'alphabet. Mais comme tout homme un peu subtil arrive à trouver la clef en une heure ou deux de travail, je ne croyais pas que Scudder se serait contenté d'un procédé aussi simple. Je me concentai donc sur les mots en clair, car on peut composer un très bon cryptogramme numérique en se servant d'un mot-clef qui donne la série des lettres.

Je m'y essayai plusieurs heures, mais aucun des mots ne marchait. Je m'endormis et ne m'éveillai qu'à Dumfries, tout juste à temps pour sauter du train et prendre le tortillard du Galloway. Il y avait sur le quai un homme dont la mine ne me revenait guère, mais il ne m'accorda même pas un coup d'œil, et j'en compris la raison lorsque je m'aperçus dans la glace d'un distributeur automatique. Avec ma figure basanée, ma vieille défroque et ma dégaine pesante, je ressemblais comme deux gouttes d'eau à l'un de ces paysans de la montagne qui s'entassaient dans les voitures de troisième.

Je voyageai avec une demi-douzaine de ceux-ci dans des effluves de tabac à pipe ordinaire. Ils revenaient du marché et n'avaient à la bouche que des prix. Je les entendis parler de l'agnelage dans les vallées du Cairn, du Deuch et de dix autres rivières aussi énigmatiques. Une bonne moitié de ces hommes avaient eu un déjeuner arrosé et sentaient fortement le whisky, mais ils ne firent aucunement attention à moi. Nous roulâmes lentement à travers une région de petites vallées boisées, puis ce fut une vaste étendue de bruyère déserte, coupée d'eaux miroitantes et enclose de hauts sommets bleuâtres au nord.

Vers 17 heures, le compartiment se vida, et je restai seul comme je l'espérais. Je descendis à la première station, un petit patelin dont je ne regardai même pas le nom, situé au beau milieu d'un marécage. Je crus revoir l'une de ces petites haltes perdues au fin fond du Karroo. Un vieux chef de gare bêchait dans son jardin, et ce fut son outil sur l'épaule qu'il accourut au train, prit livraison d'un colis postal et s'en retourna à ses pommes de terre. À la sortie, je donnai mon billet à un gamin de dix ans et je débouchai sur une route qui filait toute blanche à travers la lande.

C'était un merveilleux soir de printemps, où chaque montagne se détachait avec la pureté d'une améthyste. L'air, malgré la troublante senteur de la tourbe, était vif comme en pleine mer, et il produisit sur moi un effet des plus singuliers. Je me sentis tout à coup le cœur léger. Je me serais cru volontiers un gosse en vacances, au lieu d'un homme de trente-sept ans recherché activement par la police. Je me sentais dans les mêmes dispositions qu'autrefois, lorsque je partais pour une grande trotte sur le haut veld par un matin glacé. On me croira si l'on veut, mais je marchai sur cette route en sifflant. Je n'avais en tête aucun plan de campagne, si ce n'est d'aller de l'avant dans cette charmante contrée montagneuse aux senteurs rustiques, et chaque mille parcouru augmentait ma bonne humeur.

En traversant un bosquet je me coupai une baguette de coudrier et abandonnai bientôt la grand-route pour un petit chemin qui remontait le cours d'un torrent tumultueux. Je me croyais encore bien à l'abri de toute poursuite, et rien ne m'empêchait pour ce soir de me détendre comme je l'entendais. Je n'avais rien mangé depuis des heures, et la faim commençait à me tenailler, lorsque j'arrivai à une chaumière de paysan nichée dans un creux au bord d'une cascade. Une femme au teint hâlé se tenait devant la porte et me salua avec la modestie familière en usage sur la lande. Lorsque je lui demandai à loger pour la nuit elle me répondit que je serais le bienvenu « dans le lit du grenier », et elle me servit un repas frugal composé d'œufs au lard, de galettes d'avoine et de lait crémeux.

Au coucher du soleil son homme rentra de la montagne : une sorte de géant qui d'une enjambée couvrait la même distance qu'un simple mortel en trois pas. Ils ne me posèrent aucune question, car ils avaient le tact parfait de tous ceux qui vivent dans la solitude. Je vis bien qu'ils me prenaient pour une sorte de marchand, et je me donnai la peine de les confirmer dans cette opinion. Je parlai beaucoup de bestiaux, sujet peu familier à mon hôte, de qui je tirai, concernant les marchés locaux du Galloway, maints détails que je notai dans ma mémoire pour m'en servir à l'occasion. À 22 heures je vacillais sur ma chaise, et je m'écroulai sur le lit au grenier et n'ouvris plus les yeux jusqu'à 5 heures, moment où le lever du soleil mit de nouveau sur pied la petite maisonnée.

Mes hôtes refusèrent toute rétribution, et à 6 heures, après un petit déjeuner, je marchais de nouveau vers le sud. Mon objectif était de rejoindre la ligne du chemin de fer à une ou deux gares au-delà de celle où j'étais descendu la veille et d'y reprendre le train en sens inverse. Je jugeais ce moyen le plus sûr, car la police présumerait naturellement que je m'éloignais toujours de Londres dans la direction de quelque port de l'Ouest. Je croyais avoir encore une bonne avance, car, selon mon raisonnement, il faudrait plusieurs heures pour fixer l'accusation sur moi et un laps de temps égal pour identifier l'individu qui avait pris le train à Saint-Pancras.

Il faisait encore ce joli temps pur et printanier qui me préservait du tracas. Je n'avais réellement pas été d'aussi bonne humeur depuis des mois. Je m'engageai sur une longue bande de bruyère courant au flanc d'une colline que le paysan avait appelée Cairnsmore of Fleet. Courlis et pluviers chantaient de toutes parts, et les prés verts au long des torrents fourmillaient de jeunes agneaux. Le laisser-aller des mois précédents avait disparu, et j'avais la vitalité d'un enfant de dix ans. Je parvins bientôt à un tertre qui dévalait vers un petit cours d'eau. Un mille plus loin sur la lande j'aperçus la fumée d'un train.

En approchant de la gare, je la jugeai idéale pour suivre mon plan. La bruyère moutonnait alentour et ne laissait de place que pour la ligne à voie unique, la voie d'évitement, une salle d'attente, un bureau, la maisonnette du chef de gare, et un minuscule carré de groseilliers et d'œillets de poète. Aucune route ne semblait y aboutir, et pour compléter la désolation les vaguelettes d'un étang battaient leurs berges de granit à un demimille de là. J'attendis caché dans la bruyère haute jusqu'au moment où je vis poindre à l'horizon la fumée d'un train se dirigeant vers l'est. Alors je m'avançai vers le guichet et pris un billet pour Dumfries.

Les seuls occupants du wagon étaient un vieux paysan et son chien – une bête aux yeux sournois dont je me méfiais. L'homme dormait, et sur la banquette auprès de lui s'étalait le *Scotsman* du matin. Je m'en saisis avidement, dans l'espoir d'y trouver quelque chose.

Il contenait deux colonnes sur l'assassinat de Portland Place, comme on l'appelait. Mon Paddock avait donné l'alarme et fait arrêter le laitier. Ce pauvre diable semblait avoir chèrement gagné son souverain – qui était pour moi de l'argent bien placé – car il avait tenu la police en haleine la plus grande partie de la journée. Dans les informations de dernière heure je trouvai de nouveaux détails sur l'affaire. Le laitier avait été relâché, et le vrai criminel, dont la police cachait l'identité, avait, croyait-on, quitté Londres par une des lignes du Nord. Un court entrefilet me signalait comme le locataire de l'appartement. Je vis dans cette insertion une ruse grossière de la police tendant à me persuader que l'on ne me soupçonnait pas.

La feuille ne contenait rien d'autre, rien sur la politique étrangère ni sur Karolidès, rien sur les sujets qui intéressaient Scudder. Je la reposai et m'aperçus que nous approchions de la station où j'étais descendu la veille. Le chef de gare-arracheur de pommes de terre avait été appelé ailleurs, car le train allant vers l'ouest attendait pour laisser passer le nôtre, et il en était descendu trois hommes qui lui posaient des questions. Je devinai qu'ils faisaient partie de la police locale et que celle-ci, prévenue par Scotland Yard, avait suivi ma piste jusque dans ce pays perdu. Bien rencogné dans l'ombre, je ne les quittais pas des yeux. L'un d'eux, un carnet à la main, prenait des notes. Le vieil arracheur de pommes de terre semblait assez penaud, et le gamin qui avait recueilli mon billet parlait avec volubilité. Tous les cinq regardaient par-dessus la bruyère dans la direction de la route blanche. Je comptais les voir prendre ma piste de ce côté-là.

Notre train quittait la gare lorsque mon voisin s'éveilla. Il me lança un regard interrogateur, fit taire son chien d'un coup de pied et me demanda où nous étions. Évidemment il avait beaucoup bu.

— Voilà ce que c'est, l'abstinence, conclut-il avec l'amertume du regret.

Je lui exprimai mon étonnement de voir en lui un de ces vaillants ligueurs.

— Si fait, j'en suis, et à fond, dit-il d'un ton agressif. J'ai prêté serment à la Saint-Martin dernière, et depuis j'ai pas touché une goutte de whisky. Pas même le jour de Hogmanay[1], et pourtant j'en avais bien envie.

Il allongea ses pieds sur la banquette, et enfonça dans les coussins sa tête ébouriffée.

— Et je n'ai que ce que je mérite, geignit-il. Un crâne plus brûlant que le feu de l'enfer et deux yeux qui regardent chacun de leur côté.

— Qu'est-ce qui vous a valu ça ? demandai-je.

— Le breuvage qui zappellent brandy. En tant que non-buveur j'ai pas touché au whisky, mais j'ai siroté de c'te brandy toute la journée, et je m'en remettrai sûrement pas de la quinzaine.

1. La veille du Nouvel An.

Sa voix se perdit dans un vagissement, et il sombra de nouveau dans le sommeil.

J'avais prévu de descendre quelques stations plus loin sur la ligne, mais une meilleure occasion s'offrit bientôt, car le train s'arrêta à l'entrée d'une vallée qui dominait un torrent tumultueux couleur de bière blonde. Je regardai au-dehors et vis que toutes les fenêtres du train étaient fermées et qu'il n'y avait personne à l'horizon. J'ouvris donc la portière et me jetai vivement dans un fourré de coudriers qui longeait la voie.

Tout se serait passé au mieux sans ce satané chien. Persuadé que je décampais avec le bagage de son maître, il se mit à aboyer et faillit me happer le fond de la culotte. Réveillé par le bruit, le paysan se dressa dans le cadre de la portière en beuglant que je venais de me suicider. Je me faufilai au travers du fourré, atteignis la berge du torrent et, sous le couvert des buissons, m'éloignai d'une centaine de mètres. Puis du fond de ma cachette je regardai en arrière et vis le chef de train et quelques voyageurs groupés devant la portière ouverte de mon compartiment, regardant dans ma direction. Mon départ eût été moins public si je m'étais retiré clairon sonnant et musique en tête.

Par bonheur le paysan pochard fit diversion. Lui et son chien, qu'il tenait par une laisse attachée à sa ceinture, dégringolèrent soudain du wagon, tête la première sur le ballast, et roulèrent à quelque distance jusqu'au bord de l'eau. Au cours du sauvetage qui s'ensuivit, le chien dut mordre quelqu'un, car je perçus un éclat de jurons violents. On finit par m'oublier ; et lorsque je me hasardai, après voir rampé un quart de mille, à jeter un coup d'œil en arrière, le train s'était remis en route et achevait de disparaître dans la tranchée.

Je me trouvais dans un vaste demi-cercle de bruyère, dont la rivière jaune marquait le rayon, et dont les hauteurs au nord formaient la circonférence. Rien qui révélât une présence humaine, pas d'autre bruit que le ruissellement des eaux et le piaulement continuel des courlis. Et cependant, chose bizarre, pour la première fois la crainte d'être poursuivi s'empara de moi. Ce n'était pas à la police que je songeais, mais bien à ces autres individus qui me savaient en possession du secret de Scudder et qui ne me laisseraient pas la vie sauve. J'étais sûr qu'ils me poursuivraient avec une vigilance et une perspicacité inconnues de la justice anglaise et qu'une fois leurs serres refermées sur moi je n'aurais plus rien à espérer.

Je regardai en arrière, mais le paysage était vide. L'acier des rails et les pierres mouillées du torrent luisaient au soleil, et l'on ne pouvait imaginer scène plus pacifique. Néanmoins je me mis à courir. Me dissimulant dans les creux du marais, je courus tant que la sueur finit par m'aveugler. Cette crise de frayeur ne me passa qu'en atteignant l'hémicycle de montagnes, où je me jetai tout pantelant sur une crête dominant le cours naissant de la rivière jaune.

De mon poste d'observation je découvrais toute la lande qui s'étalait jusqu'au chemin de fer et, plus loin vers le sud, les vertes cultures succédant à la bruyère. Bien que je possède des yeux d'aigle, je ne découvris dans toute cette étendue aucun objet mouvant. Je regardai ensuite vers l'est pardessus la crête et vis un paysage tout autre : de douces vallées verdoyantes, plantées de nombreux sapins, où des routes ondulaient en de vagues stries poussiéreuses. Finalement je levai les yeux vers le ciel de mai et ce que j'y découvris précipita les battements de mon cœur...

Bas sur l'horizon, au sud, un monoplan s'élevait dans le ciel. Je compris, aussi sûrement que si on me l'avait dit, que cet avion était à ma recherche et qu'il n'appartenait pas à la police. Durant une heure ou deux je le guettai, caché dans la bruyère. Il survola d'abord à faible altitude les sommets, puis décrivit des spirales au-dessus de la vallée que j'avais remontée. Après quoi il sembla y renoncer et, s'élevant très haut, retourna vers le sud.

Cette surveillance m'inquiéta et me donna moins bonne opinion de la région que j'avais choisie comme refuge. La lande ne m'abritait aucunement contre les ennemis d'en haut, et il me fallait chercher une autre refuge. L'aspect verdoyant du pays situé au-delà de la crête m'inspirait plus confiance, car par là je trouverais des bois et des maisons de pierre.

Vers 18 heures je quittai la lande pour un blanc ruban de route qui suivait le cours encaissé d'une rivière de plaine. Je la suivis, et peu à peu les berges adoucirent leur pente, le ravin se mua en plateau, et j'arrivai enfin à une sorte de col où un toit solitaire fumait dans le crépuscule. La route passait sur un pont où un jeune homme s'adossait au parapet.

Il fumait une longue pipe en terre et contemplait l'eau à travers ses lunettes. De la main gauche il tenait un petit livre dont un doigt marquait la page. Avec lenteur il déclamait :

Un griffon dans le désert poursuit d'une course ailée sur les montagnes ou les vallées marécageuses l'Arimaspien[1].

Il se retourna brusquement au bruit de mon pas sur les pavés du pont, et je vis un visage d'adolescent, sympathique et hâlé.

— Je vous souhaite le bonsoir, dit-il gravement. Voilà une belle nuit pour courir les routes.

De la maison m'arrivait l'odeur de la tourbe qui brûle, mêlée à celle d'un rôti succulent.

— Est-ce là une auberge ? lui demandai-je.

— À votre service, monsieur, répondit-il poliment. J'en suis le patron et j'espère que vous allez y passer la nuit, car à vous dire vrai je n'ai pas eu un voyageur depuis huit jours.

1. Extrait du *Paradis perdu* de John Milton, dans la traduction de Châteaubriand.

Je m'installai sur le parapet du pont et bourrai une pipe. Je devinais en lui un allié.

— Vous êtes bien jeune pour un aubergiste, dis-je.

— Mon père est mort il y a un an, et j'ai repris son commerce. J'habite avec ma grand-mère. C'est un métier bien sédentaire pour un jeune homme, et ma vocation était tout autre.

— Quelle était-elle ?

Il rougit fortement.

— Je voulais écrire des livres, répondit-il.

— Hé, mon ami, que pouvez-vous demander de mieux pour cela ? m'écriai-je. J'ai souvent pensé qu'un aubergiste ferait le meilleur romancier du monde.

— Plus de nos jours, répliqua-t-il avec vivacité. Autrefois peut-être, quand pèlerins et trouvères couraient les routes, avec les voleurs de grand chemin et les malles-poste. Mais plus de nos jours. Il ne vient ici que des autos pleines de grosses dames qui s'arrêtent pour déjeuner, puis quelques pêcheurs au printemps et les chasseurs en automne. Il n'y a pas grande matière à tirer de là. Ce que je voudrais, c'est voir le monde, voyager, et écrire des choses comme Kipling et Conrad. Mais jusqu'ici j'ai eu tout au plus quelques vers insérés dans le *Chamber's Journal*.

Je considérai l'auberge qui ressortait, dorée par le couchant, sur les collines assombries.

— J'ai pas mal roulé ma bosse par le monde, et je ne mépriserais pas un pareil ermitage. Croyez-vous donc que l'aventure se rencontre seulement sous les tropiques ou parmi les seigneurs en chemise rouge ? L'aventure ! Qui sait si vous n'en frôlez pas une en ce moment même ?

— C'est bien ce que dit Kipling, fit-il, les yeux brillants.

Et il me cita quelques vers à propos du « roman qu'amena le train de 9 h 15 ».

— Eh bien, voici pour vous un conte véridique, m'écriai-je, et dans un mois d'ici vous pourrez en faire un roman.

Installé sur le pont, dans le doux crépuscule de mai, je lui concoctai une histoire délicieuse. Elle était vraie dans les grandes lignes d'ailleurs, quoique j'en aie truqué les détails secondaires. Je prétendis être un potentat des mines de Kimberley, qui avait eu de gros ennuis avec l'I.D.B.[1] pour avoir démasqué un gang. Celui-ci m'avait poursuivi au-delà des mers, avait tué mon meilleur ami et se trouvait à cette heure sur mes traces.

Je racontai fort bien l'histoire, même ce qui n'en était pas vrai. Je décrivis ma fuite vers l'Afrique allemande, à travers le Kalahari, les jours embrasés sans une goutte d'eau, les merveilleuses nuits de velours bleu. J'improvisai un attentat contre ma vie durant le voyage de retour et je fis un chef-d'œuvre d'horreur avec l'affaire de Portland Place.

---

1. *Illicit Diamond Broking* : trafic illégal de diamants, exercé en Afrique du Sud.

— Vous cherchiez l'aventure, m'écriai-je ; eh bien, voici que vous la trouvez. Ces démons sont à ma poursuite, et la police avec eux. C'est une course que j'ai l'intention de gagner.

— Bon Dieu ! souffla-t-il, respirant à peine ; c'est du Rider Haggard et du Conan Doyle tout purs.

— Vous me croyez donc ? fis-je avec satisfaction.

— Bien entendu je vous crois. (Et il me tendit la main.) Je crois tout ce qui sort de l'ordinaire. Le banal seul mérite de la méfiance.

Il était bien jeune, mais il m'en donnait pour mon argent.

— Je crois les avoir semés provisoirement, mais je dois rester caché un ou deux jours. Pouvez-vous me garder chez vous ?

Dans son empressement, il me prit par le bras et m'entraîna vers la maison.

— Vous serez mieux à l'abri ici que dans un creux de mousse. Du reste je veillerai à ce que personne ne jase. Et vous me donnerez encore quelques tuyaux sur vos aventures ?

En montant le perron de l'auberge j'entendis au loin le ronflement d'un moteur. J'aperçus à l'horizon, dans le crépuscule, la silhouette de mon vieil ami le monoplan.

Il me donna une chambre à l'arrière de la maison, avec une belle vue sur le plateau, et mit à ma disposition son propre cabinet de travail, où s'empilaient des éditions bon marché de ses auteurs favoris. Je ne vis pas la grand-mère, probablement alitée. Une vieille femme du nom de Margaret m'apportait mes repas, et l'aubergiste rôdait autour de moi à toute heure. Afin d'être un peu tranquille, je lui donnai du travail. Comme il possédait une motocyclette, je l'envoyai le matin chercher le journal qui arrivait dans la soirée avec le courrier. Je lui recommandai d'ouvrir l'œil et de remarquer toutes les têtes inconnues qu'il verrait, en surveillant spécialement les voitures et avions. Puis je me plongeai de toute mon attention dans le calepin de Scudder.

Il revint à midi avec le *Scotsman*. La feuille ne contenait rien d'intéressant pour moi qu'un nouvel interrogatoire de Paddock et du laitier, et une redite de l'affirmation de la veille, que l'assassin avait gagné le Nord. J'y trouvai par ailleurs un long article, emprunté au *Times*, concernant Karolidès et les affaires des Balkans, mais où il n'était pas fait mention de voyage en Angleterre. Je me débarrassai de l'aubergiste pour l'après-midi, car l'étude du cryptogramme me passionnait de plus en plus.

Comme je l'ai dit, c'était un cryptogramme numérique, et une laborieuse série de recherches avait fini par me livrer la signification des zéros et des points. Le hic restait le mot-clef, et quand je songeais aux quelque cent mille mots qu'il avait pu employer, je me sentais prêt à y renoncer. Mais vers 15 heures il me vint une soudaine inspiration.

Le nom de Julia Czechenyi me traversa la mémoire. Scudder voyait en elle la clef de voûte de l'affaire Karolidès, et je m'avisai d'appliquer ce nom au chiffre.

Il marchait ! Les cinq lettres de « Julia » me donnèrent la position des cinq voyelles. A égalait J, dixième lettre de l'alphabet, qui était représenté par X dans le chiffre. E égalait U = XXI, et ainsi de suite. « Czechenyi » me donna l'ordre numérique des principales consonnes. Je notai ce résultat sur un bout de papier et m'appliquai à lire les pages de Scudder.

Au bout d'une demi-heure je lisais encore, tout pâle et tambourinant des doigts sur la table.

Je jetai un coup d'œil par la fenêtre et vis une grosse voiture de tourisme qui remontait la vallée dans la direction de l'auberge. Elle s'arrêta devant la porte, et il y eut un remue-ménage de gens qui descendent. Ils étaient deux : deux hommes en imperméable et coiffés de casquettes de tweed.

Dix minutes plus tard l'aubergiste se glissait dans ma chambre, les yeux brillants d'animation.

— Il y a en bas deux types qui vous cherchent, me dit-il à voix basse. Je les ai laissés dans la salle à manger devant des whiskies-sodas. Ils ont demandé de vos nouvelles et prétendu vous avoir donné rendez-vous ici. Ah ! c'est qu'ils vous ont décrit joliment bien, sans oublier vos bottines ni votre chemise. Je leur ai raconté que vous étiez arrivé ici hier soir et reparti ce matin à motocyclette, et là-dessus l'un des types a juré comme un matelot.

Il me les décrivit. L'un était un garçon mince aux yeux noirs avec des sourcils touffus ; l'autre souriait sans cesse et zézayait en parlant. Aucun des deux n'était étranger : sur ce point mon jeune ami fut catégorique.

Je pris un bout de papier où j'écrivis ces mots en allemand et comme s'ils avaient fait partie d'une lettre :

« ... Pierre-Noire. Scudder avait cette information, mais il ne pouvait agir avant quinze jours. Je ne vois pas ce que je peux faire d'utile pour l'heure, d'autant que Karolidès n'est pas fixé sur ses projets. Mais si M.T. le désire je ferai du mieux... »

Je calligraphiai la page proprement, afin qu'elle eût l'air de faire partie d'une lettre personnelle.

— Portez ceci en bas ; dites-leur que vous l'avez trouvé dans ma chambre, et priez-les de me rendre la feuille s'ils me rattrapent.

Trois minutes plus tard j'entendis l'auto se remettre en marche et, de derrière le rideau, je pus voir les deux individus. L'un était mince, l'autre bedonnant ; à part cela je ne les reconnaissais pas.

L'aubergiste reparut, très surexcité.

— Votre papier les a fait réagir, dit-il en riant. Le brun est devenu pâle comme la mort et a juré par tous les dieux, et le gros a sifflé et tiré une sale tête. Ils m'ont donné un demi-souverain pour leurs consommations et sont partis sans attendre la monnaie.

— Voici maintenant ce que vous allez faire, dis-je. Prenez votre moto et filez à Newton-Stewart trouver le commissaire principal. Donnez-lui le signalement des deux hommes, et dites-lui que vous les soupçonnez de n'être pas étrangers à l'assassinat de Londres. Vous saurez bien trouver des motifs. Tous deux reviendront, n'ayez crainte. Pas ce soir, car ils vont courir derrière moi sur la route, l'espace de quarante milles, mais demain matin à la première heure. Prévenez la police de se trouver là sans faute.

Il s'en alla, docile comme un enfant, tandis que je piochais dans les notes de Scudder. À son retour nous dînâmes ensemble, et je le laissai m'interroger. Tout en lui servant copieusement de la chasse au lion et de la guerre Matabélé, je songeais quelle affaire anodine représentaient ces aventures en comparaison de celle où je me trouvais entraîné à cette heure. Quand il partit se coucher, je restai debout pour en terminer avec Scudder. Il me fut impossible de dormir, et je restai jusqu'au matin dans un fauteuil, à fumer des pipes.

Vers 8 heures, j'assistai à l'arrivée de deux agents et d'un brigadier. Suivant les instructions de l'aubergiste, ils garèrent leur auto dans une remise et entrèrent dans la maison. Vingt minutes plus tard, je vis de ma fenêtre une seconde voiture arriver sur le plateau, venant de la direction opposée. Au lieu de s'arrêter à l'auberge, elle stoppa deux cents mètres plus loin, à l'abri d'un bosquet. Je remarquai que ses occupants avaient pris soin de garer leur véhicule de manière à anticiper un départ. Au bout de deux minutes, j'entendis leurs pas grincer sur le cailloutis, au-dessous de ma fenêtre.

Je m'étais proposé de rester caché dans ma chambre en attendant la suite des événements. Je me disais que, si je pouvais mettre aux prises la police et mes autres persécuteurs plus redoutables, il en sortirait peut-être quelque chose d'avantageux pour moi. Mais il me vint alors une meilleure idée. Je griffonnai deux lignes de remerciements pour mon hôte, ouvris la fenêtre et me laissai tomber sans bruit sur un massif de groseilliers. Sans être vu je franchis la rivière, me faufilai sur la berge d'un ruisseau affluent et rejoignis la grand-route de l'autre côté du bosquet. Le véhicule était là, tout neuf sous le soleil matinal, en dépit de la poussière qui maculait la carosserie. Je mis en marche, m'installai au volant et filai en douceur sur le plateau.

Presque tout de suite la route descendit de telle sorte que je perdis de vue l'auberge, mais le vent m'apporta les éclats de voix furieuses.

4
L'aventure du candidat radical

Vous pouvez m'imaginer, par ce radieux matin de mai, poussant à bout cette voiture de quarante chevaux sur les routes humides de la lande. Au début je lançais des coups d'œil en arrière par-dessus mon épaule et surveillais avec anxiété chaque virage ; mais bientôt je conduisis d'un œil nonchalant, juste assez attentif pour rester sur la chaussée. Car je songeais intensément à ce que j'avais trouvé dans le calepin de Scudder.

Le petit bonhomme m'avait raconté un tas de sornettes. Toutes ses histoires au sujet des Balkans et des Juifs-anarchistes et de la conférence du Foreign Office étaient complètement inventées, de même pour Karolidès. Pas tout à fait cependant, comme on va le voir. Je l'avais cru sur parole, et il m'avait bien eu. Son calepin me donnait une tout autre version, et au lieu de me dire : « Chat échaudé craint l'eau froide », j'y croyais sans restriction.

Pourquoi, je l'ignore. Cela sonnait terriblement vrai, et la première version était, si j'ose dire, malgré sa fausseté, aussi vraie dans le fond. Le 15 juin devait fixer le sort, un sort plus important que le meurtre d'un Levantin. Vu l'importance de notre affaire, je ne pouvais blâmer Scudder de m'avoir tenu en dehors de ce jeu, afin de jouer sa partie à lui seul. Je ne doutais aucunement que ce fût là son intention. Ce qu'il m'avait raconté paraissait déjà assez gros, mais la réalité était encore plus démesurée, si bien que, l'ayant découverte, il tenait à la garder pour lui. Je ne lui en voulus pas. Ce qu'il recherchait par-dessus tout, en somme, c'était le danger.

Les notes renfermaient l'histoire complète – avec des lacunes, bien entendu, qu'il comptait remplir de mémoire. Il désignait ses sources, d'ailleurs, et par une manie singulière leur attribuait à toutes des valeurs numériques, dont il faisait la somme, laquelle correspondait au degré de crédibilité de chaque développement de l'histoire. Les quatre noms inscrits en caractères ordinaires étaient ses références. Il y avait encore un certain Ducrosne qui obtenait cinq sur cinq ; et un autre qui arrivait à trois. Le calepin renfermait toutes les données principales de l'affaire ainsi qu'une expression bizarre qui revenait une dizaine de fois entre parenthèses, « Trente-neuf marches ». La dernière fois qu'il l'employait il la complétait ainsi : « Trente-neuf marches, je les ai comptées ; marée haute à 22 h 17. » Je ne voyais rien à tirer de cela.

La première chose que j'appris fut qu'il ne pouvait être question d'empêcher la guerre. Celle-ci viendrait, aussi sûrement que la fête de Noël ; on l'avait décidée, affirmait Scudder, déjà depuis février 1912. Karolidès en serait le prétexte. Son compte était réglé d'avance, et on l'enverrait *ad patres* le 14 juin, deux semaines et quatre jours après ce matin de mai. Je conclus des notes de Scudder que rien au monde ne pouvait l'empêcher. Son histoire de gardes épirotes qui tueraient père et mère était une vaste galéjade.

La deuxième chose, c'est que cette guerre serait une surprise complète pour l'Angleterre. La mort de Karolidès mettrait les Balkans en feu, à la suite de quoi Vienne lancerait un ultimatum. Ce que n'admettrait pas la Russie, et il s'ensuivrait un échange de belles paroles. Mais Berlin jouerait au pacificateur et calmerait les choses jusqu'au moment où, trouvant soudain un bon prétexte à querelle, il s'en emparerait et en cinq heures nous tomberait dessus. Ce plan, certes, était parfaitement élaboré. Du miel dans de beaux discours, et puis un coup de traîtrise. Cependant que nous parlerions de la bonne volonté et des bonnes intentions de l'Allemagne, nos côtes seraient subreptiscement encerclées de mines, et des sous-marins guetteraient chacun de nos vaisseaux de guerre.

Mais tout cela dépendait d'une troisième chose, qui devait arriver le 15 juin. Je n'y aurais jamais rien compris s'il ne m'était arrivé jadis de faire la connaissance d'un officier de l'état-major français, revenant d'Afrique occidentale, qui m'avait raconté un tas de choses. Celle-ci entre autres, qu'en dépit de toutes les absurdités dites au Parlement, il existait une vraie alliance effective entre la France et l'Angleterre, que les deux grands états-majors se rencontraient de temps à autre et prenaient des mesures pour agir côte à côte en cas de guerre. Or, en juin, un très grand manitou devait venir de Paris, et on allait lui remettre les plans de mobilisation de la flotte britannique. Du moins je compris qu'il s'agissait de quelque chose d'analogue ; en tout cas, d'un document de la plus haute importance.

Mais à la date du 15 juin d'autres personnages seraient à Londres – et sur ceux-là je ne pouvais faire que des conjectures. Scudder se bornait à les appeler collectivement la « Pierre-Noire ». Ils représentaient non pas nos alliés, mais nos ennemis mortels. Et c'était dans leurs poches qu'allait passer le document destiné à la France. Or celui-ci devait, qu'on ne l'oublie pas, se transformer par surprise, huit ou quinze jours plus tard, dans les ténèbres d'une nuit d'été, en coups de canon et en torpilles véloces.

Telle était l'histoire que je venais de déchiffrer dans une chambre d'auberge rustique, avec vue sur un carré de choux. Telle était l'histoire qui me bourdonnait dans le cerveau tandis que je lançais de vallon en vallon la puissante voiture.

Ma première impulsion avait été d'écrire une lettre au Premier ministre, mais après réflexion cette démarche me parut ridicule. Qui donc croirait à mon récit ? Je devais pour cela montrer un signe, une preuve à l'appui, et Dieu sait si j'en étais capable. Avant tout il me fallait durer moi-même et être prêt à agir quand le moment serait venu. Cette tâche ne serait déjà pas si aisée avec la police des îles Britanniques sonnant l'hallali derrière moi et les espions de la Pierre-Noire courant sur mes traces, invisibles et rapides.

À défaut d'un but bien déterminé, je dirigeais ma course vers l'est d'après le soleil, car la carte m'avait appris qu'en allant au nord j'arriverais dans une région de mines de houille et de villes industrielles. Je ne tardai pas à quitter la lande pour m'engager dans une large vallée. Sur un parcours de plusieurs milles je vis rapidement la muraille d'un parc, où j'aperçus un grand château à traves les arbres. Je passai par de vieux villages à toits de chaume, franchis de paisibles cours d'eau, et devant des jardins éclatants d'aubépine et de jaunes cytises. Une paix si profonde enveloppait la terre que je croyais difficilement que, quelque part derrière moi, il y avait des gens qui voulaient attenter à ma vie ; et en outre, que d'ici un mois, à moins qu'une chance inouïe ne me favorisât, ces visages ronds de villageois seraient défaits et altérés, et que des cadavres joncheraient les campagnes d'Angleterre.

Vers midi, j'arrivai dans un long village isolé, où je fus tenté de faire halte pour manger. Au beau milieu de la rue se trouvait le bureau de poste, sur les marches duquel se tenait la receveuse penchée sur un télégramme en compagnie d'un policier. Ils eurent un haut-le-corps en m'apercevant, et le policier leva le bras et me cria de stopper.

Je faillis commettre la sottise d'obéir. Mais j'entrevis dans un éclair que le télégramme me concernait ; que mes bons amis de l'auberge s'étaient entendus et réunis dans le même désir de faire ma plus ample connaissance, et qu'il leur avait été bien facile de télégraphier le signalement de ma personne et de l'auto dans les trente villages par lesquels je pouvais passer. Je lâchai les freins juste à temps : le policier avait agrippé la capote, et il ne lâcha prise qu'après avoir reçu mon poing gauche dans l'œil.

Je compris que ma place n'était pas sur les grandes routes et que je devais me cantonner aux chemins de traverse. Ce n'était pas facile sans carte ; je risquais de tomber sur un chemin de ferme qui m'enverrait dans une mare aux canards ou dans une cour d'écurie, et je ne pouvais m'offrir un retard de ce genre. Je vis enfin quelle gaffe j'avais commise en volant l'auto. Cette grosse machine verte était le plus sûr moyen de me faire repérer sur toute l'étendue de l'Écosse. Et si je l'abandonnais pour continuer à pied, on la découvrirait au bout d'une heure ou deux, et je perdrais mon avance dans la poursuite.

La première chose à faire était d'emprunter les routes les plus désertes. Ces routes, je les trouvai bientôt quand j'eus rencontré l'affluent d'une grande rivière et me fus engagé dans une gorge enclose de parois abruptes, puis au-delà sur une route en zigzag qui grimpait à un col. Je n'y rencontrai personne, mais comme elle me conduisait trop au nord, j'obliquai vers l'est par un mauvais sentier et rencontrai finalement une grande ligne de chemin de fer à double voie. Derrière celle-ci et à mes pieds, je découvris une autre vallée assez large et m'avisai qu'en la traversant je pourrais trouver une auberge isolée où passer la nuit. Le soir tombait, et la faim me torturait, car je n'avais rien mangé depuis le matin que deux brioches achetées à la voiture d'un boulanger.

À ce moment précis un vrombissement me fit lever la tête. Cet infernal aéroplane était là, volant bas, à une dizaine de milles au sud et arrivant sur moi en vitesse.

J'eus la présence d'esprit de me rappeler que, sur la lande nue, j'étais à la merci d'un avion et que mon unique espoir était d'atteindre le couvert des arbres, dans la vallée. Du haut en bas de la colline je filai comme un tonnerre, détournant la tête chaque fois que je l'osais pour surveiller cette sacrée machine volante. J'arrivai bientôt sur une route bordée de haies qui plongeait dans le ravin encaissé d'un cours d'eau. Puis vint un petit bois touffu où je ralentis l'allure.

Soudain, sur ma gauche j'entendis le coup de sirène d'une autre voiture et vis avec effroi que j'allais arriver à la hauteur d'un portail où un chemin privé débouchait sur la grand-route. Ma corne émit un beuglement désespéré, mais il était trop tard. Je bloquai les freins, mais la vitesse m'emporta, et devant moi une autre auto jaillit en travers de mon chemin. Une seconde de plus et c'était la collision. Je fis la seule chose possible et me jetai en plein dans la haie à droite, en espérant qu'il n'y avait pas de mur derrière.

Vain espoir ! Ma voiture entra dans la haie comme dans du beurre et piqua de l'avant en un plongeon vertigineux. Voyant ce qui se passait, je bondis de mon siège afin de sauter. Mais une branche d'aubépine m'attrapa en pleine poitrine, me souleva et me retint, pendant qu'une tonne de métal coûteux filait par-dessous moi, faisait un saut et s'écrasait en un formidable fracas d'une hauteur de cinquante pieds dans le lit du ruisseau.

Peu à peu la branche céda. Elle me déposa délicatement, d'abord sur la haie, puis de là sur un berceau d'orties. Comme je reprenais pied, une main me saisit par le bras, et une voix compatissante et tout effrayée me demanda si j'étais blessé.

Je me trouvai en présence d'un grand jeune homme aux lunettes d'automobiliste et en paletot de cuir, qui maudissait sans arrêt sa maladresse et se confondait en excuses. Pour ma part, dès que je fus un peu remis de mon alerte, j'éprouvai plutôt de la joie. C'était là une façon comme une autre de me débarrasser de la voiture.

— C'est ma faute, monsieur, lui répondis-je. Je me félicite de n'avoir pas ajouté un homicide à mes autres folies. Voilà la fin de mon tour d'Écosse automobile, mais cela à failli être aussi la fin de ma vie.

Il tira sa montre et la contempla un moment.

— Vous me semblez être un chic type, dit-il. J'ai un quart d'heure à perdre, et ma maison est à deux minutes d'ici. Je vais tâcher de vous trouver des vêtements, de vous nourrir et de vous donner un lit. Où est votre bagage, à propos ? Au fond du ravin avec la voiture ?

— Le voici dans ma poche, répliquai-je, en exhibant une brosse à dents. Je suis un habitué des colonies et ne m'encombre pas en voyage.

— Un colonial ! s'écria-t-il. Bon Dieu ! Vous m'êtes envoyé du ciel ! Seriez-vous, par un hasard miraculeux, adepte du libre-échange ?

— Je le suis, répondis-je, sans la moindre idée d'où il voulait en venir.

Il me tapota l'épaule et me poussa dans sa voiture. Trois minutes plus tard, nous stoppâmes devant un pavillon de chasse d'aspect cossu et caché parmi les pins, où il me fit entrer. Il me mena d'abord dans une chambre à coucher et étala devant moi une demi-douzaine de ses complets, car le mien était réduit en lambeaux. J'en pris un simple en serge bleue, qui différait totalement de mes nippes précédentes, et lui empruntai un col raide. Puis il m'entraîna vers la salle à manger, où les restes d'un repas garnissaient la table, et me déclara que j'avais exactement cinq minutes pour être rassasié.

— Vous n'avez qu'à prendre un sandwich dans votre poche, et nous trouverons à souper en rentrant. Il faut que je sois pour 20 heures à la loge maçonnique, faute de quoi mon correspondant électoral me tirera les oreilles.

J'arrosai d'une tasse de café un morceau de jambon froid, tandis qu'il bavardait, debout sur le tapis de cheminée.

— Vous me voyez dans un sacré embarras, monsieur... À propos, vous ne m'avez pas encore dit votre nom. Twisdon ? Un parent du vieux Tommy Twisdon de 1860 ? Non ? Eh bien, sachez-le, je suis candidat libéral pour cette partie du monde, et je viens d'assister cet après-midi à une réunion, à Brattleburn – une ville capitale pour moi, et l'odieuse forteresse du parti tory. J'ai obtenu de Crumpleton, l'ex-ministre des Colonies, qu'il vienne parler pour moi ce soir, et il a fait afficher partout la réunion et a chauffé l'endroit à fond. Or, cet après-midi, je reçois une dépêche du bougre me disant qu'il a attrapé l'influenza à Blackpool, et me voilà en plan et obligé de tout faire moi-même. J'avais l'intention de parler dix minutes, et à présent il me faut en dégoiser quarante ; or, j'ai eu beau me triturer les méninges pendant trois heures pour trouver quelque chose à dire, je me sens incapable de tenir le coup. Mais vous allez être assez gentil pour m'aider. Puisque vous êtes pour le libre-échange, vous saurez exposer à nos gens quelle idiotie représente le protectionnisme dans l'Empire. Tous les types comme vous ont la langue bien pendue – ce qui n'est, hélas, pas mon cas ! Je vous en serai éternellement reconnaissant.

J'avais très peu d'idées sur le libre-échange dans un sens ou dans l'autre, mais je ne voyais pas d'autre moyen d'en venir à bout. Mon jeune gentleman était beaucoup trop absorbé par ses propres soucis pour s'aviser de l'incongruité qu'il y avait à prier un inconnu, qui venait d'échapper à la mort de l'épaisseur d'un cheveu et de perdre une auto de mille guinées, de prendre la parole à sa place dans une réunion sans y être préparé. Mais la nécessité m'interdisait de m'appesantir sur des incongruités, aussi bien que de choisir mes alliés.

— Entendu, répliquai-je. Je ne suis pas fameux orateur, mais je leur raconterai quelque chose sur l'Australie.

Mes paroles semblèrent délivrer ses épaules d'un fardeau séculaire, et ses remerciements furent enthousiastes. Il me prêta un large manteau de pilote – pas un seul instant il ne s'était avisé de me demander pourquoi j'avais entrepris un périple en voiture sans me munir d'un pardessus – et, tandis que nous filions sur les routes poudreuses, il me raconta sa vie par les menus détails. Orphelin, il avait été élevé par son oncle – j'ai oublié le nom de cet oncle, mais il faisait partie du cabinet, et chacun a pu lire ses discours dans les journaux. Après Cambridge, il avait fait le tour du monde, puis, comme il cherchait sa voie, son oncle lui conseilla la politique. Il m'avoua qu'il n'avait pas de préférence de parti.

— Il y a de braves types dans les deux, me dit-il d'un ton cordial, et des tas d'andouilles aussi. Je suis libéral parce que dans ma famille on a toujours été « whig ».

Mais, malgré sa tiédeur en politique, il avait des idées bien arrêtées sur d'autres sujets. Il découvrit que je m'y connaissais un peu en chevaux, et s'étendit longuement sur les partants du Derby. Puis il me confia ses projets pour l'amélioration de sa chasse. Au demeurant un très honnête, convenable et naïf jeune homme.

Comme nous traversions une petite ville, deux policiers nous arrêtèrent et braquèrent sur nous deux lanternes.

— Excusez, sir Harry, dit l'un d'eux. Nous avons reçu l'ordre de vérifier toutes les voitures dont le signalement correspond à peu près à la vôtre.

— Bien, répliqua mon hôte, tandis que je remerciais la providence pour les voies tortueuses qui m'avaient conduit à une telle protection.

Après cela il cessa de parler, car il se mit à ressasser son discours. Ses lèvres s'agitaient sans cesse, son regard se perdait, et je m'attendais presque à une nouvelle catastrophe. Je tâchai de penser à ce que j'allais dire moi-même, mais j'avais la cervelle plus aride qu'un caillou. Soudain je m'aperçus que nous étions dans une rue, arrêtés devant une porte et accueillis par des messieurs démonstratifs, des rubans à la boutonnière.

La salle contenait environ cinq cents personnes, dont beaucoup de femmes, une collection de crânes chauves et deux ou trois douzaines de jeunes gens. Le président, un pasteur à la figure chafouine et au nez rubicond, déplora l'absence de Crumpleton, épilogua sur son influenza et me délivra un certificat de « maître incontesté de la pensée australienne ». Il y avait à la porte deux agents de police, et j'espérai bien qu'ils prenaient note de ce témoignage. Après quoi sir Harry commença son discours.

Je n'ai jamais rien entendu de pareil. Il ignorait les bases de l'art oratoire. Il avait devant lui une montagne de notes dont il lisait des passages et, lorsqu'il s'en écartait il tombait dans un bégaiement prolongé. De temps à autre lui revenait une phrase apprise par cœur, et, bombant la poitrine, il la débitait à la manière de Henry Irving[1], puis aussitôt il se courbait en deux, ronronnant sur ses paperasses. C'était d'ailleurs un galimatias effarant. Il parla de la « menace allemande » et la qualifia de simple invention des tories pour dépouiller le pauvre peuple de ses droits et refouler la vaste marée des réformes sociales. Heureusement le « prolétariat conscient et organisé » s'en rendait compte et riait de ces méprisables tories. Il émit la proposition de réduire notre marine, en gage de notre bonne foi, puis d'envoyer à l'Allemagne un ultimatum l'enjoignant d'avoir à nous imiter, faute

1. Célèbre acteur anglais (1838-1905).

de quoi nous lui tomberions dessus. Il affirma que, sans les tories, l'Allemagne et la Grande-Bretagne travailleraient en toute fraternité dans la paix et le progrès... Je songeai au petit calepin noir dans ma poche ! Ah ! Ils s'en souciaient bien, de la paix et du progrès, les amis de Scudder !

Pourtant, d'une certaine façon, le discours me plut. On pouvait voir la loyauté de ce garçon briller à travers le charabia dont on l'avait gavé. Et puis l'écouter m'ôta un poids de l'esprit. Je ne valais pas grand-chose comme orateur, mais j'étais quand même supérieur de mille pour cent à sir Harry.

Quand vint mon tour, je ne m'en tirai pas si mal. Je racontai simplement tout ce que je pus me rappeler sur l'Australie – concernant son parti socialiste et ses services d'émigration et autres. Je ne crois pas m'être avisé de faire mention du libre-échange, mais j'affirmai qu'en Australie nous n'avions pas de tories, et rien que les partis travailliste et libéral. Cela souleva une acclamation, qui devint de l'enthousiasme quand je leur exposai l'avenir merveilleux qui selon moi était réservé à l'Empire si nous nous décidions enfin à en mettre un bon coup.

Bref, j'imagine que ce fut plutôt un succès. Toutefois le pasteur ne m'apprécia pas et, en proposant un vote de félicitations, il déclara « digne d'un homme d'État » le discours de sir Harry, et le mien « éloquent à la manière d'un prospectus d'émigration ».

Lorsque nous reprîmes place dans la voiture, mon hôte ne se tenait plus de joie d'en avoir fini avec la corvée.

— Rudement à la hauteur, votre discours, Twisdon, dit-il. Et maintenant vous allez revenir à la maison avec moi. Je suis tout seul et, si vous consentez à rester un jour ou deux, je vous apprendrai à pêcher convenablement.

On nous servit un souper chaud – dont j'avais le plus grand besoin –, après quoi nous bûmes des grogs dans un vaste et agréable fumoir, devant un feu de bois crépitant. Je jugeai l'heure venue de mettre cartes sur table. Les yeux de cet homme me disaient que je pouvais me fier à lui.

— Écoutez-moi, sir Harry, commençai-je. J'ai quelque chose de très important à vous dire. Vous êtes un charmant garçon, et je serai franc avec vous. Où diantre avez-vous appris toutes ces histoires que vous venez de débiter ce soir ?

Ses traits se décomposèrent.

— Était-ce donc si mauvais que ça ? demanda-t-il, navré. Cela ne me paraissait qu'un peu faible. J'en ai tiré le plus gros du *Progressive Magazine* et de brochures que mon agent électoral ne cesse de m'envoyer. Mais vous ne croyez réellement pas que l'Allemagne irait jamais nous faire la guerre ?

— Posez la même question dans six semaines et vous n'aurez pas besoin de réponse, fis-je. Si vous voulez bien me prêter votre attention une demi-heure, je vais vous raconter une histoire.

Je crois voir encore cette pièce claire avec ses murs garnis de trophées de chasse et de vieilles estampes, sir Harry debout et trépidant devant la cheminée, et moi-même installé dans un fauteuil, en train de parler. Je me figurais être dédoublé, debout à côté de moi-même, écoutant ma propre voix comme celle d'un étranger, et me demandant avec impartialité quel degré de croyance méritait mon récit. C'était la première fois que je disais à quelqu'un l'exacte vérité, ainsi qu'elle m'apparaissait, et cela me fit un bien énorme en donnant à mes yeux plus de consistance à la chose. Je n'omis aucun détail. Il sut tout concernant Scudder, et le laitier, et le calepin, et mes faits et gestes dans le Galloway. Après il était tout excité et arpentait sans arrêt le tapis de cheminée.

— Comme vous le voyez, terminai-je, vous avez reçu chez vous l'homme que l'on recherche pour l'assassinat de Portland Place. Votre devoir est d'envoyer votre chauffeur chercher la police et de me livrer. Je ne pense pas en avoir pour fort longtemps en prison. Comme par hasard, j'attraperai bien un coup de couteau entre les côtes une heure ou deux après mon arrestation. Néanmoins, c'est là votre devoir, en tant que citoyen respectueux de la loi. Peut-être d'ici un mois le regretterez-vous, mais vous n'avez aucune raison de prévoir le cas.

Il me considérait de son regard brillant et assuré.

— Quel était votre emploi en Rhodésie, Hannay ? demanda-t-il.

— Ingénieur des mines, répondis-je. J'ai amassé là-bas une jolie fortune, et cette occupation m'a valu de bonnes heures.

— Une profession qui n'amollit pas trop les nerfs, n'est-ce pas ?

Je me mis à rire.

— Oh ! Quant à ça, mes nerfs sont assez solides.

Je pris un couteau de chasse sur une étagère du mur et exécutai le tour bien connu des Mashona, qui consiste à le jeter en l'air et à le rattraper entre les dents. Ce qui exige un cœur rudement chevillé.

Il me regarda en souriant.

— Je n'ai pas besoin de preuves. J'ai beau être une bourrique à la tribune, je sais apprécier un homme. Vous n'êtes pas plus un assassin qu'un idiot, et je crois que vous m'avez dit la vérité. Je veux vous seconder. Voyons, comment puis-je vous aider ?

— Avant tout, je désire que vous écriviez une lettre à votre oncle. Il faut que je me mette en rapport avec des membres du gouvernement à une date antérieure au 15 juin.

Il se tortilla la moustache.

— Ça ne vous servira guère. Cette affaire regarde le Foreign Office, et mon oncle refusera de s'en occuper. D'ailleurs, vous ne le persuaderiez jamais. Non, je ferai mieux que cela. Je vais écrire au secrétaire permanent du Foreign Office. C'est mon parrain, et le meilleur qui soit. Que faut-il lui dire ?

Il se mit à une table et écrivit sous ma dictée. Je disais en substance que si un homme du nom de Twisdon (autant garder le pseudonyme) se présentait chez lui avant le 15 juin, il fallait qu'il lui fasse bon accueil. Ledit Twisdon prouverait son identité en donnant le mot de passe « Pierre-Noire » et en sifflant l'air d'« Annie Laurie ».

— Bon, dit sir Harry. C'est là le style qui convient. Entre parenthèses mon parrain – il s'appelle sir Walter Bullivant – passera les fêtes de la Pentecôte dans sa maison de campagne. Elle est voisine d'Artinswell, sur la Kennet... Voilà qui est fait. Et ensuite ?

— Vous êtes à peu près de ma taille. Prêtez-moi le plus vieux costume de tweed que vous ayez. N'importe lequel, pourvu que la teinte soit radicalement différente de celle des vêtements que j'ai abîmés tantôt. Puis montrez-moi une carte de la région et expliquez-moi la topographie du pays. Enfin, si la police vient me chercher ici, vous n'avez qu'à montrer la voiture au fond du ravin. Si ce sont les autres, racontez-leur que j'ai pris l'express du sud après vous avoir vu.

Il fit, ou promit de faire, tout ce que je lui avais demandé. Je rasai ce qui me restait de moustache et enfilai un vieux complet de la teinte qu'on nomme, je crois, « mélange bruyère ». La carte me donna une idée de ma situation géographique et m'instruisit de deux choses essentielles : où l'on pouvait rejoindre la grande voie ferrée du sud et quelles étaient à proximité les régions les plus sauvages.

À 2 heures du matin, mon hôte me tira du somme que je faisais dans le fauteuil du fumoir et me conduisit, encore mal éveillé, sous la sombre nuit d'étoiles. Ayant déniché dans un hangar à outils une vieille bicyclette, il me la mit en mains.

— Première route à droite tout au bout de la sapinière, me recommanda-t-il. Au lever du jour, vous vous trouverez en pleine montagne. Là, je vous conseille de flanquer la bécane dans un fossé et de gagner la lande à pied. Vous pouvez passer huit jours au milieu des bergers, aussi en sûreté qu'au fin fond de la Papouasie.

Je pédalai activement sur les affreuses routes en gravier de la montagne, jusqu'à ce que l'aube fît pâlir le ciel. Quand le soleil se dégagea des brumes, je me trouvais dans un vaste monde de verdure, où des torrents dégringolaient de toutes parts, et que fermait un lointain horizon bleu. Là, du moins, je serais vite averti de l'approche de mes ennemis.

5
L'aventure du cantonnier à lunettes

Je m'assis sur la ligne de partage des eaux, afin de me rendre compte de ma position.

Derrière moi la route s'élevait dans une longue crevasse de la montagne, qui formait la vallée supérieure de quelque cours d'eau considérable. Devant, c'était une étendue plate sur peut-être un mille, toute piquetée de trous marécageux et hérissée de touffes d'herbe, au-delà de laquelle la route dévalait abruptement par un autre ravin jusque dans une plaine qui s'estompait dans un vague bleu. À gauche et à droite, je voyais de verts sommets aux contours arrondis et aussi lisses qu'un crâne chauve, mais au sud – c'est-à-dire à main gauche – s'étendaient de hautes cimes couvertes de bruyère. C'était le massif de montagnes qui, d'après la carte, serait ma prochaine retraite. J'étais sur la colline centrale d'un vaste pays surélevé et je pouvais voir à plusieurs milles le moindre objet mouvant. Dans les prairies, à un demi-mille au-dessous de la route, derrière moi, fumait la cheminée d'une cabane, mais c'était là l'unique signe de vie humaine. Par ailleurs, rien que les appels des pluviers et le murmure de petits torrents.

Il était alors près de 7 heures, et comme je restais là immobile, je perçus une fois de plus le vrombissement aérien de mauvais augure. Je compris alors que mon poste d'observation pouvait tout aussi bien devenir un piège. Il n'y avait pas de quoi cacher une mésange parmi ces vertes solitudes.

Immobile et résigné, j'entendis le ronflement se rapprocher. À la fin, je vis un aéroplane surgir au sud. Il volait haut, mais sous mes yeux il descendit de quelque cent pieds et se mit à décrire des cercles toujours plus étroits autour du massif montagneux, exactement comme un faucon tourne avant de s'abattre. Son altitude décroissait toujours, et bientôt l'observateur à bord m'aperçut. Je vis l'un des deux occupants braquer sur moi ses jumelles.

Tout à coup il se mit à monter rapidement en spirale, et je ne tardai pas à le voir s'enfoncer de nouveau vers l'est et se réduire à un point dans l'azur du matin.

Cela m'inspira des réflexions cruelles. Mes ennemis m'avaient repéré et ils ne tarderaient pas à me cerner. J'ignorais de quelles forces ils disposaient, mais ces forces ne pouvaient manquer d'être suffisantes. L'aviateur avait vu ma bicyclette, et il devait en conclure que je tenterais de fuir par la route. En ce cas, il me restait un espoir dans la bruyère, à droite ou à gauche. Je roulai le vélo à quelque cent mètres de la route, et le projetai dans une mare où il s'enfonça parmi les roseaux et les renoncules aquatiques. Puis je grimpai sur un tertre d'où l'on découvrait les deux vallées. Rien ne bougeait sur le long ruban blanc qui y sinuait.

J'ai dit qu'il n'y avait pas de quoi cacher une mésange dans tout le pays. À mesure que le jour s'avançait, la jeune lumière le baignait d'un éclat plus chaud, au point de me rappeler le veld sud-africain et sa touffeur embaumée. En d'autre temps, ce pays m'aurait plu, mais pour l'heure j'y étouffais. La lande n'était que les murs d'une prison, et l'air vif des montagnes, l'haleine d'un cachot.

Je jetai en l'air une pièce de monnaie : face, à droite ; pile, à gauche ; elle tomba côté face, et je me dirigeai vers le nord. En peu de temps j'arrivai sur le bord d'une arête qui formait la muraille terminale du plateau. Je découvrais la grand-route sur une dizaine de milles, et tout là-bas je crus voir un objet mouvant, que je pris pour une auto. Par-delà la crête s'étalait, onduleuse, la verte lande, qui se perdait dans des vallons boisés. Ma connaissance du veld m'a donné des yeux de lynx, et je vois des choses que la plupart des gens ne voient qu'à la lunette... Tout au bas de la pente, à deux milles, plusieurs hommes s'avançaient, en ligne, comme des rabatteurs à la chasse.

Je me renfonçai hors de vue derrière la ligne d'horizon. Cette direction m'étant interdite, il me fallait essayer les montagnes du sud, par-delà la grand-route. L'auto que j'avais remarquée se rapprochait, mais il lui restait encore à franchir une bonne distance avec plusieurs côtes très raides. Je repris ma course à toute vitesse, ne me redressant que dans les creux, et tout en courant je ne cessais de surveiller la pente de la montagne devant moi. Illusion ou réalité, je croyais voir des silhouettes – un, deux, plus peut-être – se mouvoir dans un ravin de l'autre côté du torrent...

Quand on est bloqué de toutes parts dans un coin du terrain, il n'y a plus qu'une chance d'échapper. On doit rester sur place et laisser les ennemis chercher en vain. Voilà ce que me disait le bon sens ; mais comment diable échapper aux recherches sur cette espèce de table rase ? Je n'aurais pas hésité à m'enterrer jusqu'au cou dans la vase, ou à rester sous l'eau, ou à grimper sur la plus haute branche. Mais il n'y avait pas la moindre brindille ; les trous marécageux n'étaient que des mares minuscules, le torrent, un simple filet d'eau. Il n'y avait rien que la lande, et le flanc pelé de la montagne, et la grand-route blanche.

Ce fut alors que, dans un repli caché de la route, devant un tas de cailloux, je rencontrai le cantonnier.

Il venait tout juste d'arriver et tapait mollement du marteau. Il me regarda d'un œil vitreux et bâilla.

— Maudit soit le jour où j'ai abandonné l'élevage ! lança-t-il, comme s'il s'adressait à l'univers tout entier. Au moins je ne dépendais de personne, alors. À présent, me voilà l'esclave du gouvernement, enchaîné à la route, avec des yeux malades et des reins en compote.

Il souleva son marteau, cassa un caillou, rejeta l'outil en jurant et se mit les deux mains sur les oreilles.

— Miséricorde ! Ma tête va éclater ! s'écria-t-il.

C'était un personnage hirsute, à peu près de ma taille, mais fort voûté, avec une barbe de huit jours sur le menton, et le nez chaussé de grosses lunettes de corne.

— Je n'en peux plus ! s'écria-t-il de nouveau. Que l'inspecteur me signale, tant pis ! Je retourne me coucher.

Je l'interrogeai sur la nature de son mal, bien que la cause en fût assez claire.

— Mon mal, c'est que j'ai bu. Ma fille Merran s'est mariée hier, et on a dansé jusqu'à 4 heures du matin. Moi, je suis resté à boire avec d'autres, et voilà. Je voudrais n'avoir jamais vu la couleur du vin.

Je lui concédai qu'il ferait mieux d'aller se remettre au lit.

— C'est facile à dire, geignit-il. Mais j'ai reçu hier soir une carte postale m'annonçant que le nouvel inspecteur des ponts et chaussées ferait sa tournée aujourd'hui. Il va venir et ne me trouvera pas, ou bien il me trouvera soûl, et de toute façon je suis fichu. Je vais retourner me coucher et je dirai que je suis malade, mais je crains que ça ne prenne pas, car on connaît mon genre de maladie.

Il me vint une idée.

— Est-ce que ce nouvel inspecteur vous connaît ? demandai-je.

— Lui ? Pas du tout. Il n'y a pas huit jours qu'il est en place. Il court de tous côtés dans son auto de malheur et vous dénicherait au fond d'une coquille d'escargot.

— Où est votre maison ? demandai-je.

Et il me montra d'un doigt vacillant la cabane au bord du torrent.

— Eh bien, retournez vous coucher, déclarai-je, et dormez tranquille. Je vais vous remplacer un moment et je verrai l'inspecteur.

Il me regarda avec ahurissement. Puis quand l'idée eut pénétré dans sa cervelle embrumée, un sourire hébété d'ivrogne s'épanouit sur son visage.

— Vous êtes un sacré bougre ! s'écria-t-il. Ça s'arrange très bien. Comme j'ai fini ce tas de cailloux, vous n'aurez plus à en casser ce matin. Prenez seulement la brouette et rapportez des pierres de la carrière là-bas, assez pour faire un autre tas demain. Je m'appelle Alexander Turnbull, il y a sept ans que je fais ce métier, et avant ça j'ai été vingt ans cultivateur sur les bords de la Leithen Water. Mes amis m'appellent Boit-sans-soif, ou bien encore Quat-z'yeux, parce que je porte des lunettes, à cause de ma mauvaise vue. Vous n'aurez qu'à parler poliment à l'inspecteur et lui dire « sir », et il n'en demandera pas plus. Je serai de retour à midi.

Je lui empruntai ses lunettes et son vieux chapeau crasseux ; je dépouillai veste, gilet, col, et les lui donnai à emporter chez lui ; je lui empruntai aussi sa mauvaise pipe en terre pour compléter l'accoutrement. Il m'expliqua mes modestes fonctions et sans plus de façon partit au trot vers son lit. Bien que le lit fût son objectif principal, je suppose qu'il lui restait en outre un vieux fond de bouteille. Je priai pour qu'il arrivât sans encombre sous son toit avant l'entrée en scène de mes bons amis.

Après quoi je me mis en devoir de rendre ma toilette plus conforme à mon rôle. J'ouvris le col de ma chemise – une vulgaire chemise bleue à carreaux blancs comme en portent les terrassiers – et mis au jour un cou plus basané que celui d'un rétameur ambulant. Je roulai mes manches jusqu'au coude, révélant ainsi des avant-bras dignes d'appartenir à un forgeron, brûlés de soleil et sillonnés de vieilles cicatrices. J'étalai la poussière de la route sur mes bottines et mes jambes de pantalon, relevant celles-ci et les liant au-dessus du genou à l'aide d'une ficelle. Puis je m'attaquai à ma tête. Avec une poignée de poussière je traçai une démarcation de crasse autour de mon cou, à l'endroit où étaient censées s'arrêter les ablutions dominicales de M. Turnbull. J'enduisis également d'une bonne couche de poussière le hâle de mes joues. Comme les yeux d'un cantonnier ne peuvent manquer d'être un peu enflammés, j'eus soin d'introduire de la poussière dans les miens, et leur donnai un aspect chassieux en me les frottant vigoureusement.

Les sandwiches que j'avais reçus de sir Harry étaient restés dans ma veste, mais la collation du cantonnier, emballée dans un mouchoir rouge, se trouvait à ma disposition. Je mangeai avec grand plaisir plusieurs grosses tranches de pain bis et de fromage, et bus une partie du thé froid. Le mouchoir contenait encore, noué d'une ficelle et adressé à Turnbull, un journal local – apparemment destiné à charmer les loisirs de la sieste. Je refis le paquet et déposai le journal bien en vue à côté.

Mes bottines ne me satisfaisaient pas, mais au moyen de quelques bons coups de pied dans les cailloux je leur donnai cet aspect granité qui caractérise la chaussure du cantonnier. Puis je mordis mes ongles et les éraflai, si bien que les bords en étaient tout abîmés et irréguliers. Aucun détail ne devait échapper aux gens contre qui j'étais en lutte. Je cassai un de mes lacets de souliers et le rattachai par un nœud grossier, puis je desserrai l'autre, en sorte que mes épaisses chaussettes débordaient par-dessus les tiges. Toujours aucune trace de qui que ce fût sur la route. L'auto que j'avais remarquée une demi-heure auparavant avait dû faire demi-tour.

Ma toilette terminée, j'empoignai la brouette et commençai à faire la navette jusqu'à la carrière, située à une centaine de mètres.

Un vieil éclaireur que j'ai connu en Rhodésie, et qui avait fait en son temps de drôles de choses, me disait une fois que le secret pour bien jouer un rôle était de se croire devenu réellement le personnage. En conséquence, je me dépouillai de toute autre pensée pour m'absorber dans une seule : à savoir l'entretien des routes. Je vis ma demeure dans la petite cabane blanche. J'évoquai les années où j'étais paysan sur les bords de la Leithen Water, je contraignis mon esprit à convoiter amoureusement le sommeil dans un lit clos et une bouteille de whisky bon marché. Toujours rien n'apparaissait sur la longue route blanche.

De temps à autre un mouton s'écartait de la bruyère pour venir me contempler. Un héron, à tire-d'ailes, s'abattit dans une vasque du torrent et se mit à pêcher, sans plus s'occuper de moi que si j'eusse été une borne milliaire. J'allais toujours brouettant mes charges de cailloux, avec la pesante dégaine du professionnel. Je ne tardai pas à suer, et la poussière de mon visage se changea en un enduit solide et tenace. Je comptais déjà les heures à subir jusqu'au soir, quand la nuit viendrait mettre fin à la besogne monotone de M. Turnbull.

Tout à coup une voix cinglante m'interpella de la route, et en levant les yeux je vis une petite Ford à deux places, et un jeune homme à figure ronde et coiffé d'un chapeau melon.

— C'est vous, Alexander Turnbull ? demanda-t-il. Je suis le nouvel inspecteur des ponts et chaussées du comté. Vous habitez Blackhopefoot et vous êtes chargé de la section comprise entre Laidlawbyres et Riggs ? Bien. Un joli bout de route, Turnbull, et pas mal entretenu. Un peu mou, à un mille d'ici, et les bas-côtés ont besoin d'être désherbés. Voyez à vous en occuper. Bonjour. Vous me reconnaîtrez la prochaine fois que vous me verrez.

D'évidence, mon imitation était assez bonne pour le redouté inspecteur. Je me remis au travail et, vers la fin de la matinée, j'eus la distraction d'un peu de passage. Une carriole de boulanger affronta la montagne, et j'achetai un sachet de biscuits au gingembre que je rangeai à tout hasard dans ma poche de pantalon. Puis passa un troupeau suivi de son berger, qui m'inquiéta un peu en me demandant tout haut :

— Et Quat-z'yeux, qu'est-ce qu'il devient ?

— Il est dans son lit, avec la colique, répondis-je.

Et le troupeau s'éloigna.

Aux environs de midi, une grosse auto dévala de la montagne, me dépassa et s'arrêta cent mètres plus bas. Ses trois occupants descendirent comme pour se dégourdir les jambes et vinrent flâner de mon côté.

De ces hommes, j'en reconnaissais deux pour les avoir vus par la fenêtre de l'auberge du Galloway – un grand brun mince et un autre bedonnant et souriant. Le troisième avait l'air d'un homme du pays – un vétérinaire, peut-être, ou un petit fermier. Il portait une culotte cycliste de confection, et ses yeux enfoncés luisaient, attentifs comme ceux d'une poule.

— Salut, dit ce dernier. C'est un métier bien tranquille que vous faites là.

Je n'avais pas levé les yeux à leur approche, mais sur cette interpellation je redressai lentement et péniblement le dos, à la manière des cantonniers, crachai vigoureusement, à la manière des Écossais du bas peuple, et les considérai un moment avant de répondre. J'affrontai trois paires d'yeux auxquels rien n'échappait.

— Y a des métiers pires et y en a de meilleurs, prononçai-je sentencieusement. Pour moi, j'aimerais mieux faire comme vous, rester assis sur mon derrière toute la journée dans ces bons coussins. C'est vous qui massacrez mes routes avec vos satanées autos. Si le monde allait comme il doit, on vous forcerait à réparer ce que vous démolissez.

L'homme à l'œil luisant tiqua sur le journal posé à côté du paquet de Turnbull.

— Je vois que vous recevez les journaux assez vite, dit-il.

Je jetai sur la feuille un regard négligent.

— Ouais, assez vite. Étant donné que cette feuille est parue samedi dernier, je ne l'ai que six jours en retard.

Il la ramassa, regarda l'adresse et la reposa. L'un de ses compagnons examinait mes bottines, et d'un mot en allemand il appela sur elles l'attention de mon interlocuteur.

— Vous avez bon goût pour vos chaussures, fit-il. Celles-ci n'ont sûrement pas été fabriquées par un savetier de village.

— Comme vous dites, répliquai-je promptement. Elles ont été fabriquées à Londres. Je les ai eues du monsieur qui était ici l'an dernier pour la chasse. Comment s'appelait-il déjà ?

Et je me grattai la tête d'un air préoccupé.

De nouveau le maigre parla en allemand.

— Partons, dit-il. Ce garçon me semble sincère.

Ils me posèrent une dernière question :

— Avez-vous vu passer quelqu'un, ce matin de bonne heure ? Il était peut-être à bicyclette ou peut-être à pied.

Je faillis donner dans le panneau et leur raconter une histoire de cycliste qui serait passé à toute vitesse au petit jour. Mais je sentis le danger. Je fis semblant de réfléchir intensément.

— Je ne me suis pas levé très tôt, repris-je. Voyez-vous, ma fille s'est mariée hier, et nous nous sommes couchés tard. Je suis sorti de la maison qu'il pouvait être 7 heures, et il n'y avait personne sur la route à ce moment. Depuis que je suis monté ici, j'ai vu passer tout juste le boulanger et le berger de Ruchill, en plus de vous autres, messieurs.

L'un d'eux m'offrit un cigare, que je flairai respectueusement et fourrai dans le paquet de Turnbull. Ils remontèrent en voiture, et je les perdis de vue au bout de trois minutes.

Mon cœur bondit de soulagement, mais je continuai à brouetter mes cailloux. Je n'eus pas tort, car dix minutes plus tard l'auto repassa, et l'un de ses occupants me fit de la main un signe d'adieu. Ces nobles seigneurs ne laissaient rien au hasard.

J'achevai le pain et le fromage de Turnbull, et ne tardai pas à compléter le tas de cailloux. La suite m'inquiétait. Je ne pouvais faire indéfiniment ce métier de cantonnier. Une miséricordieuse providence avait retenu jusque-là M. Turnbull sous son toit, mais s'il rentrait en scène, il y aurait du grabuge. Je soupçonnai que le cordon se resserrait autour de la vallée, et que, dans quelque direction que j'aille, je me heurterais à des questionneurs. Mais il me fallait sortir de là. Personne n'a les nerfs assez robustes pour supporter plus d'un jour d'être ainsi épié.

Je restai à mon poste jusque vers 17 heures. J'avais alors résolu de gagner à la nuit tombée la cabane de Turnbull et de me risquer à franchir les montagnes à la faveur de l'obscurité. Mais tout à coup une nouvelle auto arriva sur la route et ralentit à quelques mètres de moi. La brise se levait, et l'occupant voulait allumer une cigarette.

C'était une voiture de tourisme, encombrée de nombreux bagages. Elle était conduite par un homme, et, par un singulier hasard, je le connaissais. Il s'appelait Marmaduke Jopley et était une insulte au genre humain. C'était une sorte de vague agent de change, dont la spécialité consistait à cultiver ses relations avec les héritiers, les jeunes pairs riches et les vieilles dames gâteuses. « Marmie » était, paraît-il, un personnage bien connu dans les bals, les rencontres de polo et les maisons de campagne. Mais cet habile maître chanteur eût rampé un mille à plat ventre pour plaire à tout individu possédant un titre ou un million. J'avais eu une lettre d'introduction auprès de sa maison lors de mon arrivée à Londres, et il m'avait aimablement invité à dîner à son club. Une fois là, il en vint bien vite aux confidences et me rebattit les oreilles de ses duchesses, tant et si bien que son arrogance m'écœura. Je demandai par la suite à quelqu'un comment il se faisait que personne ne lui flanquât le pied au derrière, et il me fut répondu que les Anglais respectaient le sexe faible.

Quoi qu'il en fût, je l'avais alors devant moi, tiré à quatre épingles, dans une belle automobile neuve, et en chemin apparemment pour aller rendre visite à l'un ou l'autre de ses amis distingués. Une brusque foucade me prit, et en un clin d'œil je sautai dans la voiture et empoignai mon homme par l'épaule.

— Hello, Jopley ! m'exclamai-je. Quelle bonne surprise, mon vieux !

Il fut pris d'une frousse abominable. Il me regarda bouche bée.

— Qui diable êtes-vous ? haleta-t-il.

— Je m'appelle Hannay, répliquai-je. De Rhodésie, souviens-toi.

— Bon Dieu ! L'assassin ! fit-il d'une voix étranglée.

— Tout juste. Et il va commettre un second meurtre, mon ami, si tu ne fais pas comme je te le dis. Retire ce paletot et donne-le-moi. Cette casquette également.

Tétanisé par la peur, il obéit. Par-dessus mon pantalon sale et ma chemise grossière je revêtis son élégant veston de pilote, que je boutonnai jusqu'en haut afin de cacher les défectuosités de mon col. J'enfonçai la casquette sur ma tête et complétai ma tenue par ses gants. Le cantonnier crasseux fut en une minute métamorphosé en l'un des touristes les plus élégants d'Écosse. Sur la tête de M. Jopley je collai l'indescriptible couvre-chef de M. Turnbull, avec défense d'y toucher.

Puis, non sans peine, je tournai la voiture. Mon idée était de refaire le chemin qu'il venait de parcourir, car ceux qui me suivaient, pour l'avoir déjà vu, le laisseraient sans doute passer sans objection, et la tête de Marmie offrait quelque analogie avec la mienne.

— Maintenant, mon petit, lui dis-je, tu vas rester tranquille comme un enfant bien sage. Je ne te veux pas de mal. Je ne fais qu'emprunter ta bagnole pour une heure ou deux. Mais si tu me joues des tours, et surtout si tu ouvres le bec, aussi sûr que Dieu me voit je te brise la nuque. Compris ?

Je goûtai beaucoup cette promenade vespérale. Nous descendîmes la vallée pendant une huitaine de milles, traversâmes un village ou deux, et je ne pus m'empêcher de remarquer plusieurs individus d'aspect louche qui flânaient le long de la route. C'étaient là les espions qui auraient eu beaucoup à me dire s'ils m'avaient vu en un autre costume ou en une autre compagnie. Pourtant, ils me regardèrent sans insister. L'un d'eux toucha sa casquette en guise de salut, et je lui répondis aimablement.

Au coucher du soleil, je m'engageai dans une vallée transversale qui, d'après mes souvenirs de la carte, menait vers une partie déserte de la région. Bientôt les villages se raréfièrent, puis les fermes, enfin même les dernières cabanes. À la fin, nous atteignîmes une lande solitaire où la nuit obscurcissait peu à peu le couchant reflété par les mares fangeuses. En ce lieu nous fîmes halte, je tournai obligeamment la voiture et restituai ses effets à M. Jopley.

— Tous mes remerciements, lui dis-je. Vous êtes plus utile que je ne le croyais. Maintenant, filez prévenir la police.

Je m'assis sur le versant de la colline et, tout en regardant s'éloigner les feux arrière, je réfléchis aux divers genres de crimes que j'avais déjà collectionnés. Contrairement à l'opinion générale, je n'étais pas un assassin, mais j'étais devenu un infâme menteur, un éhonté imposteur et un voleur de grand chemin, avec une prédilection marquée pour les voitures de luxe.

6
L'aventure de l'archéologue chauve

Je passai la nuit à l'abri d'un rocher sur une terrasse du versant de montagne où la bruyère poussait nochalamment. Gîte plutôt froid, car je n'avais ni veste ni gilet. Ceux-ci se trouvaient sous la garde de M. Turnbull, comme le petit calepin noir de Scudder, ma montre et – pis encore – ma pipe et ma blague à tabac. Seul mon argent m'accompagnait dans ma ceinture, avec une bonne demi-livre de biscuits au gingembre dans ma poche de pantalon.

Je mangeai la moitié de ces gâteaux et, en m'allongeant profondément dans la bruyère, je réussis à me réchauffer un peu. J'avais repris courage et commençais à goûter cette folle partie de cache-cache. Jusque-là, une chance miraculeuse m'avait favorisé. Le laitier, l'aubergiste lettré, sir Harry, le cantonnier et ce crétin de Marmie, tout cela était l'œuvre d'une bonne fortune imméritée.

Ce premier succès me donnait en quelque sorte l'impression que je finirais bien par m'en tirer.

Mon principal tourment était la faim qui me taraudait. Quand un Juif de la City se tire un coup de revolver et qu'on fait une enquête, les journaux racontent toujours que le défunt avait « mangé un repas copieux ». Je me fis la réflexion qu'on n'en dirait pas autant de moi si je me cassais le cou dans ce marais. Je me mettais à la torture – car les biscuits ne faisaient qu'accentuer le vide de mon estomac – avec les souvenirs de tous les bons repas que j'avais méprisés à Londres. Par exemple les croustillantes saucisses de Paddock et ses savoureuses tranches de lard, et ses œufs pochés mœlleux – combien de fois m'en étais-je détourné avec dédain ! Et ces côtelettes, spécialité du club, et ce jambon merveilleux figurant au menu froid, comme j'en rêvais maintenant ! Mes pensées flottaient entre toutes les variétés existantes de nourriture, et se fixèrent définitivement sur un steack sauce marchand de vin et un quart de bière avec un *welsh rabbit* à suivre. Dans l'attente sans espoir de ces délices, je m'endormis.

Je m'éveillai une heure avant l'aube, tout roidi et glacé. Il me fallut un moment pour me rappeler ma situation, car je m'étais endormi très fatigué et d'un sommeil lourd. Je vis d'abord le pâle ciel bleu à travers un lacis de bruyère, puis un grand pan de montagne, et enfin mes propres bottines correctement disposées dans les ronces. Je me dressai sur les coudes et jetai un coup d'œil dans la vallée, et ce simple coup d'œil me fit lacer mes bottines en toute hâte.

Car il y avait des hommes là-bas, à moins d'un quart de mille, égaillés en éventail sur le versant de la montagne, en train de battre la lande. Marmie n'avait pas été long à chercher sa vengeance.

Je quittai mon refuge en rampant et me dissimulai derrière un rocher. Puis de là je gagnai une crevasse peu profonde qui coupait en biais le flanc de la montagne. Cette crevasse me conduisit bientôt dans l'étroite gorge d'un torrent, par laquelle je me hissai jusqu'au sommet de l'arête. De là, je regardai en arrière et vis que l'on ne m'avait pas encore reperé. Mes ennemis fouillaient méthodiquement le versant de la montagne et montaient peu à peu.

Caché derrière la ligne d'horizon, je courus, peut-être sur un demi-mille, jusqu'au moment où je m'estimai parvenu à hauteur de l'extrémité supérieure du ravin. Alors je me montrai et fus découvert à l'instant par l'un des rabatteurs, qui avertit ses collègues. Je les entendis crier et vis la ligne de recherche modifier sa direction. Je fis semblant de battre en retraite le long de la crête, mais en réalité je revins sur mes pas et en vingt minutes je fus de retour derrière l'arête dominant l'endroit où j'avais dormi. De ce poste, j'eus la satisfaction de voir mes poursuivants, complètement égarés sur une fausse piste, refluer sur la montagne jusqu'au plus haut du ravin.

J'avais devant moi tout un choix de chemins et je me décidai pour une arête qui faisait un angle avec celle où j'étais, et qui par conséquent mettrait bientôt un profond ravin entre mes ennemis et moi. L'exercice m'avait réchauffé le sang, et je commençais à m'amuser beaucoup. Sans m'arrêter, je déjeunai des restes poussiéreux des biscuits.

Je connaissais très mal le pays et n'avais aucune idée de ce que j'allais faire. Je me fiais à la vigueur de mes jambes, mais je me rendais compte que ceux qui me poursuivaient connaissaient bien la topographie des lieux et que mon ignorance me handicapait fortement. Je voyais devant moi une mer de montagnes, s'élevant très haut vers le sud, mais s'abaissant au nord par vastes ondulations entrecoupées de vaux larges et peu profonds. L'arête que j'avais choisie s'abaissait, un mille ou deux plus loin, vers une lande qui formait comme une sorte de poche entre les sommets. Cette direction me semblait aussi bonne à prendre qu'une autre.

Mon stratagème m'avait procuré une bonne avance – de vingt minutes à peu près –, et j'avais déjà mis derrière moi la largeur d'un ravin lorsque je vis surgir les premières têtes de mes poursuivants. La police avait sans nul doute requis la coopération de gens du coin, et les hommes que je pus voir avaient l'apparence de bergers ou de gardes-chasse. Ils poussèrent une clameur en m'apercevant, et je les saluai de la main. Deux plongèrent dans le ravin et commencèrent à escalader mon arête, tandis que les autres restaient de leur côté de la montagne. Je me figurais prendre part à un jeu de piste.

Mais le jeu ne tarda pas à dégénérer. Ces gars derrière moi, des hommes robustes, étaient sur leur lande natale. En me retournant, je vis que trois seulement venaient sur moi en droite ligne, et je supposai que les autres faisaient un détour afin de me couper le chemin. Mon manque de connaissance des lieux risquait fort de causer ma perte, et je résolus de quitter ce labyrinthe de ravins pour la poche que j'avais vue des sommets. Il me fallait pour cela accroître mon avance afin de me débarrasser d'eux, et je crus la chose faisable, à la condition de trouver un terrain propice. À couvert, j'aurais essayé l'affût, mais sur ces pentes dénudées on eût distingué une mouche à un mille. Je ne devais mettre mon espoir que dans la force de mes jambes et dans la solidité de mes poumons, mais il me fallait pour les utiliser un terrain plus facile, car je n'avais pas le pied montagnard. Ah ! Posséder ici un bon poney Boer !

Je fis un grand effort et quittai la crête pour m'enfoncer dans la lande avant qu'une forme humaine ne surgisse derrière moi. Je franchis un torrent et arrivai sur une grande route qui joignait deux vallées. Devant moi s'étendait une large portion de lande en pente dont le sommet se couronnait d'un maigre plumeau d'arbres. Sur le talus longeant la route s'ouvrait un portail, d'où un sentier envahi d'herbes menait à la lande.

J'escaladai et suivis le sentier. Au bout de cent mètres – sitôt hors de vue de la grande route – l'herbe disparaissait et le chemin devenait plus facile, entretenu avec un soin évident. Nul doute qu'il conduisait à une maison, et je décidai de le suivre. Jusque-là, la chance était restée de mon côté, et il n'y avait pas de raison que cela change. En tout cas il y avait là-bas, autour de cette habitation isolée, des arbres et par conséquent de quoi se cacher.

Au lieu de suivre le chemin, je pris le lit du torrent qui coulait à sa droite, où la fougère poussait drue et dont les berges surélevées formaient un abri passable. Ma prudence était justifiée, car je n'eus pas plus tôt gagné ce creux qu'en me retournant je vis la meute surgir au sommet de l'arête d'où je venais de descendre.

Je cessai alors de me retourner ; je n'en avais plus le loisir. Je courais le long du torrent, me baissant aux endroits découverts, et la plupart du temps à gué dans l'eau peu profonde. Je rencontrai une maisonnette abandonnée avec les restes d'une meule de tourbe et un jardin envahi d'herbes folles. Puis j'arrivai dans une prairie fraîchement coupée, et aussitôt après sur la lisière d'un bosquet de sapins courbés par le vent. De là je vis les cheminées de la maison qui fumaient à quelque cent mètres sur ma gauche. J'abandonnai le torrent, franchis un autre talus au-delà duquel j'eus sous les pieds une pelouse négligée. Un regard en arrière m'apprit que j'étais hors de vue de la meute, laquelle n'avait pas encore dépassé la première ondulation de la lande.

La pelouse était très mal entretenue, taillée non à la tondeuse mécanique mais à la faux, et ornée de massifs de rhododendrons broussailleux. Un couple de coqs de bruyère, oiseaux qu'on voit peu dans les jardins, s'envola à mon approche. La maison en face de moi était une ferme typique des pays de lande, mais il s'y accolait une annexe plus imposante blanchie à la chaux. Cette aile se prolongeait par une véranda vitrée, où derrière les carreaux je vis un gentleman âgé qui me regardait avec mansuétude.

Je franchis la bordure de grossiers graviers et pénétrai dans la véranda par la porte ouverte. L'intérieur formait une pièce agréable, des vitres d'un côté et de l'autre un mur couvert de livres. On apercevait d'autres étagères également fournies dans la pièce suivante. Sur le sol, en guise de meubles, des vitrines étaient entreposées comme dans les musées, pleines de monnaies et de bizarres ustensiles de pierre.

Un bureau trônait au milieu de la pièce, derrière lequel était assis un vieux monsieur à l'air bienveillant devant des papiers et des volumes ouverts. Son visage était rond et luisant, comme celle de M. Pickwick, de grosses lunettes chevauchaient le bout de son nez, et le dessus de son crâne était aussi lisse et nu qu'une bouteille en verre. À mon entrée, il ne fit pas un mouvement mais haussa les sourcils et attendit calmement que je prisse la parole.

Il n'était guère facile, ayant à peine cinq minutes de répit, d'expliquer à un inconnu qui j'étais et ce que je désirais, et d'obtenir son aide. Je ne m'y aventurai pas. L'œil de cet homme me parut si vif et perspicace que je fus incapable de trouver un mot. Je restai à le contempler en bégayant.

— Vous avez l'air pressé, mon garçon, dit-il avec calme.

D'un signe de tête je désignai la fenêtre. Elle donnait sur la lande par une percée dans le bosquet et révélait à un mille de distance plusieurs silhouettes qui s'avançaient à travers la bruyère.

— Ah ah ! je vois, dit-il.

Et s'emparant d'une paire de jumelles, il examina tranquillement les individus.

— Un fugitif, hein ? Eh bien, nous étudierons l'affaire à loisir. En attendant je refuse de voir mon domicile envahi par ces lourdauds de policiers campagnards. Entrez dans mon cabinet, vous y verrez deux portes en face de vous. Prenez celle de gauche et enfermez-vous. Vous y serez parfaitement en sûreté.

Et cet homme extraordinaire se remit à écrire.

Je suivis ses instructions et me trouvai dans une petite chambre noire sentant les produits chimiques, éclairée uniquement par une étroite lucarne tout en haut du mur. La porte s'était refermée derrière moi avec un déclic métallique, telle une porte de coffre-fort. Une fois de plus je trouvais un asile inespéré.

Néanmoins je ne me sentais pas à mon aise. Il y avait chez ce vieux gentleman quelque chose qui m'intriguait et qui m'effrayait presque. Il avait été trop aimable et trop accueillant : on eût dit qu'il m'attendait. Et son regard m'avait paru terriblement perspicace.

Aucun bruit ne me parvenait dans cette pièce obscure. Rien n'empêchait que les policiers fussent en train de fouiller la maison, et dans ce cas ils voudraient savoir ce qu'il y avait derrière cette porte. Je tâchai de m'armer de patience et d'oublier la faim qui me tourmentait.

Puis je vis la chose sous un jour plus favorable. Le vieux gentleman ne pouvait décemment me refuser à manger, et je me mis à penser à mon déjeuner. Des œufs au lard me suffiraient à la rigueur, mais il m'en faudrait tout un plat et une demi-livre d'œufs. Et alors, tandis que cette perspective me mettait l'eau à la bouche, il se fit un déclic, et la porte s'ouvrit.

Je me retrouvai au grand jour et vis, dans la pièce qu'il nommait son cabinet, le maître de la maison assis dans un fauteuil et me considérant d'un œil singulier.

— Sont-ils partis ? demandai-je.

— Ils sont partis. Je les ai persuadés que vous aviez franchi la montagne. Je ne veux pas que la police s'interpose entre moi et quelqu'un dont je suis enchanté de faire la connaissance. Voici un matin heureux pour vous, monsieur Richard Hannay.

Tandis qu'il parlait, ses paupières tressaillirent et parurent s'avancer un peu au-dessus de ses yeux gris perçants. Je me rappelai dans un éclair l'expression qu'avait eue Scudder en me décrivant l'homme qu'il redoutait le plus au monde. Cet homme, d'après lui, « pouvait s'encapuchonner les yeux à la manière d'un épervier ». Et je compris que je m'étais jeté tête baissée dans la gueule du loup.

Mon premier mouvement fut d'étrangler le vieux scélérat et de gagner le large. Il parut deviner mon intention, car il sourit aimablement et d'un signe de tête me montra la porte derrière moi. Je me retournai et vis deux serviteurs qui me tenaient en joue.

Il connaissait mon nom, mais il ne m'avait jamais vu. Et cette réflexion, si furtive fût-elle, m'inspira un faible espoir.

— Je ne sais ce que vous voulez dire, répliquai-je avec rudesse. Qui donc appelez-vous Richard Hannay ? Je m'appelle Ainslie.

— Tiens, tiens ! fit-il, souriant toujours. Mais bien entendu vous avez plusieurs noms. Nous n'allons pas nous chicaner pour un de plus ou de moins.

Je m'étais ressaisi et je m'avisai que ma tenue, sans veste ni gilet ni col, ne me dénonçait pas. J'affectai mon air le plus rogue et haussai les épaules.

— Je comprends que vous allez me livrer, et j'appelle ça un sacré sale tour. Bon Dieu ! Je voudrais n'avoir jamais vu cette maudite auto ! Tenez, voici l'argent, et que le diable vous emporte !

Et je jetai sur la table quatre souverains.

Il ouvrit un peu les yeux.

— Oh que non, je ne vais pas vous livrer ! Mes amis et moi nous avons un petit compte à régler en particulier avec vous, et voilà tout. Vous en savez un peu trop, monsieur Richard Hannay. Vos talents d'acteur sont corrects, mais il vous reste des progrès à faire.

Il parlait avec assurance, mais je voyais le doute poindre dans son esprit.

— Ah ! Pour l'amour de Dieu, assez de boniments ! m'écriai-je. Tout est ligué contre moi. Je n'ai joué que de malchance depuis mon débarquement à Leith. Quel mal fait un pauvre diable qui a le ventre vide à ramasser un peu d'argent qu'il trouve dans une voiture décarcassée ? Voilà tout ce que j'ai fait, et pour cela je suis turlupiné depuis deux jours par ces bougres de policiers sur ces bougresses de montagnes. Je vous jure que j'en ai assez. Vous pouvez faire de moi ce que vous voudrez, vieux frère. Ned Ainslie n'a plus le courage de lutter.

Je vis que le doute gagnait du terrain.

— Voulez-vous avoir l'obligeance de me faire le récit de vos derniers faits et gestes ? me demanda-t-il.

— J'en suis incapable, patron, fis-je sur le ton pleurnichard d'un authentique mendigot. Je n'ai rien eu à me mettre sous la dent depuis deux jours. Donnez-moi d'abord un morceau à manger, et puis vous saurez la vérité vraie.

Ma faim devait se lire sur mon visage, car il fit signe à l'un des deux hommes du seuil. Un bout de pâté froid et un verre de bière furent déposés devant moi, et je les engloutis avec une avidité bestiale – ou plutôt avec l'avidité de Ned Ainslie, car je tenais à jouer mon rôle. Au beau milieu de mon repas, il m'adressa tout à coup la parole en allemand, mais je levai vers lui un visage inexpressif autant qu'un mur de pierre.

Puis je lui contai mon histoire – comme quoi j'avais une semaine auparavant débarqué à Leith d'un navire d'Arkhangel et faisais route par l'intérieur des terres pour rejoindre mon frère à Wigtown. Je me trouvais à court d'argent – à la suite d'une virée, laissai-je entendre – et j'étais absolument à sec lorsque je vis un trou dans une haie et, regardant par ce trou, aperçus une grosse voiture couchée dans le torrent. Étant descendu voir de quoi il retournait, j'avais découvert trois souverains éparpillés sur le siège et un autre sur le plancher. Il n'y avait personne aux environs ni aucune trace de propriétaire. Aussi j'empochai le magot. Mais d'une façon ou d'une autre la police m'avait pisté. Lorsque je voulus changer un souverain dans une boulangerie, la femme se mit à crier au voleur, et un peu plus tard, tandis que je me débarbouillais dans un torrent, je faillis être pincé et ne m'échappai qu'en abandonnant ma veste et mon gilet.

— Ils peuvent reprendre leur argent, m'écriai-je, pour ce que j'en suis devenu plus gras. Ces buveurs de sang ne s'en prennent jamais qu'aux pauvres bougres. Tenez, si c'était vous, patron, qui aviez trouvé les pièces d'or, personne ne vous aurait rien dit.

— Vous faites un bon menteur, Hannay, me dit-il.

Cela me mit hors de moi.

— Vous m'embêtez à la fin, nom de Dieu ! Je vous répète que je m'appelle Ainslie et que de ma vie je n'ai jamais entendu parler de quelqu'un nommé Hannay. J'aimerais encore mieux la police que vous, avec vos Hannay et vos trucs de larbins à pistolets... Mais non, patron, j'ai rien dit. Je vous suis très obligé de la bouffe et je vous remercierai de me laisser aller, maintenant que la voie est libre.

De toute évidence il était fort embarrassé. Il faut comprendre qu'il ne m'avait jamais vu, et mon aspect devait différer considérablement de mes photographies, à supposer qu'il en ait eu une en main. À Londres, j'étais très correct et bien habillé, et ici je n'étais qu'un vulgaire chemineau.

— Je n'ai pas l'intention de vous laisser partir. Si vous êtes en effet ce que vous prétendez, vous aurez bientôt une occasion de le prouver. Si vous êtes qui je crois, je doute que vous voyiez encore longtemps la lumière du jour.

Il sonna, et un troisième domestique surgit de la véranda.

— Je veux la voiture dans cinq minutes, dit-il. Nous serons trois à déjeuner.

Puis il me regarda fixement, et cette épreuve fut la plus rude de toutes.

Il y avait quelque chose d'effrayant et de diabolique dans ces yeux froids, méchants, inhumains et de la plus infernale malice. Ils me fascinaient comme des yeux de serpent. J'éprouvai la tentation violente de me rendre et de lui demander de me prendre sous ses ordres. Mais si l'on songe aux sentiments que m'inspirait toute l'affaire, on se rendra compte que cette tentation dut être purement physique, la faiblesse d'un cerveau hypnotisé et dominé par une volonté plus forte. Je réussis néanmoins à tenir bon et même à ricaner.

— Vous me reconnaitrez la prochaine fois, patron, dis-je.

— Karl, fit-il en allemand à l'un des hommes sur le seuil, vous mettrez cet individu dans la réserve jusqu'à mon retour et vous me répondrez de lui.

Ils me guidèrent hors de la pièce, un revolver sur chaque tempe.

La réserve était une pièce humide située dans la partie ancienne qui servait jadis de ferme. Il n'y avait pas de tapis sur le plancher abîmé et rien pour s'asseoir qu'un tabouret d'écolier. Il y faisait noir comme dans une grotte, car les fenêtres étaient obstruées par des volets massifs. À tâtons je me rendis compte que le long des murs s'empilaient des caisses, des barils et des sacs pleins d'une matière dense. L'air empestait le moisi et l'abandon. Mes geôliers tournèrent la clef dans la serrure, et je les entendis traîner la semelle en montant la garde au-dehors.

Je m'assis dans ces ténèbres glaciales, tout à fait déprimé. Le vieux était parti en voiture chercher les deux gredins qui m'avaient interrogé la veille. Or eux m'avaient vu sous les apparences du cantonnier et ils ne pouvaient manquer de me reconnaître, car j'étais dans la même tenue. Que pouvait bien faire un cantonnier à vingt milles de son chantier, et poursuivi par la police ! Après quelques questions, ils seraient sur la voie. Probablement avaient-ils vu M. Turnbull, probablement aussi Marmie. Selon toute vraisemblance ils remonteraient jusqu'à sir Harry, et le tout leur deviendrait clair comme de l'eau de roche. Quel espoir me restait-il, dans cette maison perdue de la lande, avec ces trois bandits et leurs serviteurs armés ?

Je songeai avec regret aux policiers, en train de patauger à ma recherche dans la montagne. Eux du moins étaient des compatriotes et d'honnêtes gens, et ils seraient plus miséricordieux que ces vampires étrangers. Mais ils ne m'auraient pas écouté. Ce vieux démon aux étranges paupières n'avait pas mis longtemps à se débarrasser d'eux. Il possédait sûrement des accointances avec le commissariat. Sans doute avait-il des recommandations ministérielles qui lui accordaient pleine licence de conspirer contre l'Angleterre. Car telle est la politique aveugle que nous suivons dans la mère patrie.

Les trois hommes devant être de retour pour le déjeuner, il ne me restait plus qu'une paire d'heures à attendre. Ce qui équivalait à attendre la mort, car je ne voyais aucun moyen de me dépêtrer de là. J'enviai le courage de Scudder, car j'avoue sans ambages que je ne n'avais pas la même force d'âme. La seule chose qui me soutînt était la fureur. Je bouillais de rage à songer de quelle façon ces espions avaient mis le grappin sur moi. Je souhaitais pouvoir au moins tordre le cou à l'un d'eux avant de succomber.

Plus j'y songeais, plus ma colère augmentait. À la fin je n'y tins plus et je me levai pour faire le tour de la chambre. J'essayai les volets, mais ils avaient un système de fermeture à clef, et je ne parvins pas à les faire bouger. De l'extérieur m'arrivait un caquètement assourdi de poules au grand soleil. Puis je fourrageai parmi les sacs et les caisses. Je ne pus ouvrir ces dernières, et les sacs semblaient remplis d'espèces de biscuits pour chien qui fleuraient la cannelle. Mais, dans mon périple autour de la pièce, je trouvai dans un renfoncement du mur une poignée qui me parut mériter un plus ample examen.

C'était la porte d'un placard – ce qu'on nomme resserre en Écosse – et elle était fermée à clef. Je la secouai, et elle me parut peu résistante. À défaut de meilleure occupation, je déployai ma vigueur contre cette porte, en obtenant plus de prise sur la poignée grâce à mes bretelles dont je l'entortillai. Elle céda enfin avec un craquement qui devait, pensais-je, attirer mes gardiens. Après une courte attente, je me mis à explorer les rayons du placard.

Il contenait une foule d'objets bizarres. Je retrouvai dans mes poches de pantalon une ou deux allumettes et en craquai une. Elle s'éteignit presque tout de suite, mais à sa lueur j'eus le temps d'apercevoir dans un coin un petit tas de lampes électriques de poche. J'en pris une : elle fonctionnait.

Muni de cette lampe, je continuai mes investigations. Il y avait des flacons et des caisses de substances aux odeurs suspectes, certainement des produits chimiques destinés à des expériences, et aussi des rouleaux de fil de cuivre fin et d'innombrables carrés d'une soie très fine et huilée. Il y avait une boîte de détonateurs et une provision de bobines de mèche. Puis, tout au fond d'un rayon, je trouvai un emballage d'épais carton brun, et à l'intérieur une caissette de bois. Je réussis à en arracher le couvercle ; elle contenait une demi-douzaine de petits blocs grisâtres, de deux pouces de côté chacun.

J'en pris un, et constatai qu'il s'effritait sans peine entre mes doigts. Puis je le flairai et y portai la langue. Après quoi je m'assis pour réfléchir. Je n'avais pas été ingénieur des mines pour rien et, au premier coup d'œil, je reconnus de la lentonite.

Avec un de ces blocs, je pouvais faire sauter la maison en mille morceaux. Je l'avais déjà vu utilisée en Rhodésie et je connaissais sa puissance. Mais, par malheur, mon savoir n'était pas précis. J'ignorais la charge exacte et la vraie manière de l'amorcer. Je n'avais même qu'une vague idée de sa force, car je ne l'avais pas manipulée de mes propres mains.

Toutefois c'était une chance, la seule possible. Le risque était grand, mais je n'avais pas le choix. J'étais perdu. Si je m'en servais, les chances étaient, d'après mon estimation, de cinq contre une pour me faire sauter jusqu'au plus haut des arbres. Mais si je ne m'en servais pas, selon toute probabilité j'occuperais avant le soir une fosse de six pieds dans le jardin. Telle fut la manière donc j'envisageai la situation. La perspective était plutôt sombre des deux parts, mais en tout cas il restait une chance, aussi bien pour moi que pour mon pays.

Le souvenir de Scudder me décida. Je connus là peut-être le plus sale moment de ma vie, car je ne suis pas doué pour prendre de telles décisions de sang-froid. Je réussis néanmoins à trouver la force de serrer les dents et de rejeter les terribles craintes qui m'envahissaient. Je refusai simplement d'y penser et affectai de croire que je me livrais à une simple expérience de feu d'artifice.

Je pris un détonateur et y fixai deux pieds de mèche. Puis je pris le quart d'un bloc de lentonite, y adaptai le détonateur et l'enfouis sous l'un des sacs voisins de la porte, dans une fissure du plancher. Je soupçonnais la moitié des caisses de renfermer de la dynamite. Pourquoi pas, en effet, puisque le placard contenait des explosifs si puissants ? Dans ce cas nous ferions un merveilleux voyage aérien, moi, les domestiques allemands et un bon arpent du terrain alentour. En outre, comme j'avais presque tout oublié concernant la lentonite, il se pouvait que l'explosion déclenchât celle des autres blocs du placard. Mais cela ne menait à rien d'envisager ces possibilités. Mes chances de réussite étaient bien minces, mais il me fallait le faire.

Je me ratatinai tout au-dessous de l'appui de fenêtre et allumai la mèche. Puis j'attendis une minute ou deux. Il régnait un silence de mort – troublé par le seul frottement de lourdes semelles dans le couloir et le paisible caquètement des poules au-dehors. Je recommandai mon âme à Dieu et me demandai si dans cinq secondes...

Une onde de feu énorme sembla jaillir du plancher et m'enveloppa un instant dans une fournaise. Puis le mur en face de moi s'éclaira de jaune d'or et s'écroula dans un fracas de tonnerre qui me mit la cervelle en bouillie. Quelque chose tomba sur moi, m'attrapant le coin de l'épaule gauche.

Et je crois bien qu'alors je perdis connaissance.

Ma syncope dura tout au plus quelques secondes. Je me sentis asphyxié par d'épaisses vapeurs jaunâtres et, me dégageant des décombres, je me remis debout. Quelque part derrière moi je perçus l'air libre. Le cadre de la fenêtre était tombé, et par la brèche irrégulière la fumée se déversait au soleil de midi. J'enjambai le linteau brisé et me trouvai dans une cour emplie d'un brouillard dense et âcre. Je me sentais fort mal en point et prêt à défaillir, mais je pouvais encore me mouvoir, et je m'éloignai de la maison à l'aveuglette et en titubant.

Un petit ru de moulin coulait dans un chenal de bois, de l'autre côté de la cour : je tombai dedans. L'eau fraîche me ranima, et je retrouvai assez mes esprits pour songer à m'enfuir. Je remontai le ru en pataugeant dans son visqueux enduit verdâtre et parvins à la roue du moulin. Arrivé là, je m'insinuai par le pertuis dans le vieux moulin où je roulai sur un matelas de balle d'avoine. Un clou m'accrocha le fond de la culotte, et je laissai derrière moi un lambeau de « mélange bruyère ».

Le moulin ne servait plus depuis longtemps. Les échelles tombaient de vétusté, et les rats avaient rongé de grands trous dans le plancher du grenier. Je fus soudain pris de vertige, tandis que mon bras et mon épaule gauches semblaient frappés de paralysie. Je regardai par la fenêtre et vis la maison encore enveloppée d'une couche dense de brouillard gris, de la fumée s'échappant d'une fenêtre de l'étage. J'avais, Dieu me pardonne, mis le feu à l'immeuble, et des cris confus me parvenaient.

Mais je ne pouvais m'attarder, car le moulin était évidemment une mauvaise cachette. Pour peu que l'on me cherchât, on suivrait naturellement le ru, et je ne doutais pas que la recherche dût commencer dès qu'ils verraient que mon cadavre n'était pas dans la réserve. D'une seconde fenêtre, je vis que de l'autre côté du moulin se dressait un vieux colombier de pierre. Si je pouvais y arriver sans laisser de traces, j'y trouverais peut-être un refuge, car je me disais que mes ennemis, s'ils me croyaient en état de me déplacer, s'imagineraient que j'avais gagné le large et me chercheraient sur la lande.

Je descendis tant bien que mal par l'échelle rompue, en éparpillant de l'avoine derrière moi afin de dissimuler mes empreintes. Je fis de même sur le plancher du moulin et sur le seuil, où la porte ne tenait plus qu'à des gonds branlants. J'avançai prudemment la tête et vis qu'entre moi et le colombier s'étendait un morceau de terrain aride et négligé, où mes pas ne laisseraient aucune trace. De plus, on y était bien caché de la maison par les bâtiments du moulin. Je traversai furtivement ce terrain, gagnai l'arrière du colombier et me mis en devoir d'y grimper.

J'ai rarement entrepris quelque chose de plus difficile. Mon épaule et mon bras me lançaient, et mon état de vertige risquait à chaque instant de me faire tomber. Mais je réussis quand même. En utilisant des pierres en saillie et des brèches entre les moellons, ainsi qu'une solide tige de lierre, je finis par atteindre le sommet. Un petit parapet l'entourait, derrière lequel je trouvai la place de m'étendre sur le dos. Puis je m'évanouis.

Je repris connaissance avec un fort mal de tête, et le soleil me cuisant le visage. Un bon moment, je restai immobile, car ces abominables exhalaisons semblaient avoir dissous mes membres et obnubilé mon cerveau. Il m'arrivait de la maison des éclats de voix gutturales et le bruit de moteur d'une voiture à l'arrêt. Le parapet offrait une petite brèche ; je me traînai jusque-là, où j'avais une vue plongeante sur la cour. Divers individus apparurent : un domestique, la tête enveloppée dans un pansement, et un jeune homme en culotte cycliste. Ils avaient l'air de chercher quelque chose et se dirigèrent vers le moulin. Tout à coup l'un d'eux aperçut le lambeau de « mélange bruyère » accroché au clou et appela son compagnon. Tous deux regagnèrent la maison et en ramenèrent deux autres individus pour l'examiner. Je reconnus le visage rond de celui qui m'avait capturé tout à l'heure et crus distinguer aussi l'homme au zézaiement. Tous étaient munis de revolvers.

Durant une demi-heure ils mirent le moulin sens dessus dessous. Je les entendais donner des coups de pied dans les tonneaux et soulever les lames pourries du plancher. Après quoi ils ressortirent et restèrent juste au-dessous du colombier à discuter avec vivacité. Le domestique au pansement reçut une verte semonce. Je les entendis toucher à la porte du colombier, et un instant je m'imaginai avec terreur qu'ils allaient monter. Mais ils se ravisèrent et regagnèrent la maison.

Tout ce long après-midi de soleil brûlant, je restai à rôtir sur la plate-forme. Je souffrais surtout de la soif. Ma langue était sèche comme du bois, et pour comble j'entendais le bruissement frais de l'eau dans le ru de moulin. Je suivais des yeux le petit cours d'eau à travers la lande et le remontais en imagination jusqu'au haut du val, où il devait jaillir d'une source glacée, ourlée de fougères et de mousses. J'aurais donné mille livres pour m'y tremper la figure.

D'où je me tenais, j'avais une vue d'ensemble sur la lande. Je vis la voiture s'éloigner rapidement avec deux passagers, et un individu monté sur un poney galoper vers l'est. Je pensai qu'ils me cherchaient et leur souhaitai bien du plaisir.

Mais je vis autre chose de plus intéressant. La maison se trouvait presque au sommet d'un renflement de la lande qui couronnait une sorte de plateau, et le seul point qui fût plus élevé était la grande montagne à six milles de là. Son sommet réel, comme je l'ai déjà dit, était recouvert d'un assez gros bouquet d'arbres – formé en majeure partie de sapins, avec quelques frênes et des hêtres. Sur le colombier, j'étais à peu près de niveau avec le sommet des arbres et je pouvais voir ce qui se passait derrière. Au lieu d'être massif, le bois formait un simple anneau, à l'intérieur duquel s'étendait un ovale de gazon vert qui ressemblait fort à un vaste terrain de cricket.

Je ne mis pas longtemps à deviner son usage. C'était un aérodrome, et un aérodrome secret. L'endroit avait été fort judicieusement choisi. À supposer en effet que quelqu'un vît un avion y descendre derrière les arbres, il le croirait parti au-delà du talus. Comme l'endroit se trouvait au sommet d'une pente et au milieu d'un vaste amphithéâtre, un observateur quelconque, venant de n'importe quelle direction, devait conclure que l'avion avait continué son chemin. Seul quelqu'un de tout proche s'apercevrait que l'avion, sans dépasser la colline, était descendu au milieu du bois. Un observateur muni d'une longue-vue et placé sur la grande montagne, plus élevée, aurait peut-être découvert la vérité, mais il n'y venait que des bergers, et les bergers n'emportent pas de jumelles avec eux. En regardant du colombier, je distinguais au loin une ligne bleue que je savais être la mer, et j'enrageais de me dire que nos ennemis possédaient cette tour de guet secrète pour épier nos eaux.

Je m'avisai ensuite que, si l'avion revenait, j'avais dix chances contre une d'être découvert. Aussi, durant tout l'après-midi, je restai couché, priant Dieu de ramener l'obscurité, et je me réjouis de voir enfin le soleil disparaître derrière les montagnes de l'ouest et la brume du soir s'étaler sur la lande. L'aéroplane revint tard. Le crépuscule était déjà très avancé lorsque je perçus le bruissement de ses ailes et le vis descendre en vol plané vers son gîte, dans le bois. Des lumières s'agitèrent un moment, et il y eut beaucoup d'allées et venues du côté de la maison. Puis la nuit tomba, et le silence se fit.

Heureusement, la nuit était sombre. La lune, à son dernier quartier, ne se lèverait que très tard. Vers 21 heures, autant que j'en pus juger, n'y tenant plus de soif, je me mis en devoir de descendre. Ce n'était pas facile. De plus, arrivé à mi-chemin, j'entendis s'ouvrir la porte de derrière de la maison et vis la lueur d'une lanterne sur le mur du moulin. Durant quelques minutes d'angoisse je restai suspendu au lierre et priai Dieu que l'individu, quel qu'il fût, ne vînt pas vers le colombier. Enfin la lumière disparut, et je me laissai tomber le plus doucement possible sur le pavé de la cour.

Je rampai à plat ventre, dissimulé derrière une digue de pierre, jusqu'au rideau d'arbres qui entourait la maison. Si j'avais su comment m'y prendre, j'aurais mis l'avion en marche, mais je compris que toute tentative de ce genre serait probablement vaine. Comme je ne doutais pas qu'il y eût une protection quelconque autour de la maison, je m'enfonçai dans le bois sur les mains et les genoux, en tâtant avec précaution chaque pouce de terrain devant moi. J'avais eu raison d'être prudent, car j'arrivai bientôt à un fil de fer tendu à deux pieds du sol. Si j'avais buté contre, il n'eût pas manqué de mettre en branle une sonnerie dans la maison, et j'aurais été pris.

Cent mètres plus loin, je trouvai un autre fil ingénieusement disposé sur la berge d'un ruisselet. Plus loin c'était la lande, et au bout de cinq minutes j'étais enfoncé dans la fougère et la bruyère. Peu après je contournai le haut du talus par le petit ravin d'où coulait le ru du moulin. Dix minutes plus tard je trempais ma tête dans la source et j'absorbais des pintes de l'eau bénie.

Mais je ne fis halte pour de bon qu'après avoir mis une douzaine de milles entre moi et cette maudite demeure.

7
Le pêcheur à la mouche

Je m'assis au sommet d'une colline et évaluai ma situation. J'étais médiocrement satisfait, car la joie résultant de mon évasion disparaissait sous un violent malaise physique. Les gaz de la lentonite m'avaient positivement empoisonné, et les heures d'insolation sur le colombier n'avaient pas amélioré les choses. J'éprouvais un mal de tête de tous les diables et me sentais malade comme un chien. Mon épaule était mal arrangée. Au début je crus qu'il s'agissait seulement d'une ecchymose, mais elle commençait à enfler, et je ne pouvais plus me servir de mon bras gauche.

J'avais projeté de retrouver la cabane de M. Turnbull, afin de reprendre mes affaires, et en particulier le calepin de Scudder, après quoi je rejoindrais la grande ligne de chemin de fer et retournerais vers le sud. Il me semblait que plus tôt je me mettrais en relations avec l'homme du

Foreign Office, sir Walter Bullivant, mieux cela vaudrait. Je ne voyais pas comment je pourrais obtenir plus de preuves que je n'en avais déjà. Il accepterait mon histoire ou la rejetterait, mais de toute façon, avec lui, je serais en meilleures mains qu'avec ces diaboliques Allemands. J'éprouvais une bienveillance croissante à l'égard de la police anglaise.

Il y avait un merveilleux ciel étoilé, et je n'eus pas grande difficulté à trouver mon chemin. La carte de sir Harry m'avait donné une idée générale du pays, et je n'eus qu'à me diriger vers l'ouest-sud-ouest pour atteindre la rivière où j'avais rencontré le cantonnier. Dans toutes ces pérégrinations j'ignorais les noms des localités, mais je crois que cette rivière n'était que le cours supérieur de la Tweed. D'après mon calcul je devais m'en trouver à quelque dix-huit milles. Je ne pourrais donc pas y être avant le matin. Il me fallait donc passer la journée quelque part, car je ne pouvais, mis comme je l'étais, me montrer au grand jour. Je n'avais ni veste, ni gilet, ni col, ni chapeau. Mon pantalon était en loques, mon visage et mes mains noircis par l'explosion. Je suppose que j'avais encore d'autres agréments, car je me sentais les yeux terriblement injectés de sang. Bref je n'étais pas un spectacle à offrir sur une grand-route à d'honnêtes citoyens.

Peu après le lever du jour, je tentai de me débarbouiller dans un torrent, puis me dirigeai vers une cabane de paysan, car j'avais besoin de nourriture. Le paysan était sorti, et sa femme restait seule, sans voisin une lieue à la ronde. C'était une honnête courageuse vieille femme, car, malgré l'effroi que lui inspirait ma vue, elle s'empara d'une hache, dont elle n'eût pas hésité à se servir contre un malfaiteur.

— J'ai fait une chute, lui dis-je, sans donner d'explications.

Et elle vit à mon air que j'étais très mal en point. Sans me poser de questions, cette bonne Samaritaine me donna une jatte de lait additionnée d'une rasade de whisky et m'offrit de me reposer un peu devant l'âtre de la cuisine. Elle voulut panser mon épaule, mais celle-ci me faisait tant de mal que je ne lui permis pas d'y toucher.

Je ne sais pour qui elle me prit – un voleur repentant, peut-être ; car lorsque j'allai pour lui payer le lait et lui tendis un souverain (je n'avais pas de plus petite monnaie), elle secoua la tête et marmotta que « je ferais mieux de donner ça à ceux à qui ça appartenait ». Là-dessus je protestai si énergiquement qu'elle dut finir par me croire honnête : elle accepta la pièce et me donna en échange, outre un vieux chapeau de son époux, un plaid chaud et neuf. Elle me montra la manière de draper le plaid autour de mes épaules, et quand je sortis de la chaumière j'avais l'air de l'Écossais type que l'on voit sur les illustrations des poèmes de Burns. Mais en tout cas j'étais plus ou moins vêtu.

Je m'en trouvai bien, car le temps changea dans la matinée, et la pluie se mit à tomber dru. Je cherchai un abri dans le creux d'un ravin, sous un rocher où une accumulation de fougères mortes faisait une couche passable. Je m'endormis et ne me réveillai qu'à la tombée de la nuit, misérablement courbaturé, avec cette douleur lancinante à l'épaule, comme une rage de dents. Je mangeai le pain d'avoine et le fromage que la vieille m'avait donnés, et me remis en marche avant qu'il ne fasse trop sombre.

Je ne dis rien des souffrances de cette nuit passée dans l'humidité des montagnes. Faute d'étoiles pour me guider, je dus m'en tirer tant bien que mal d'après mes souvenirs de la carte. Par deux fois je perdis mon chemin, et je fis plusieurs mauvaises chutes dans des trous à tourbe. Je n'avais à parcourir qu'environ dix milles à vol d'oiseau, mais j'en fis plus près de vingt, à cause de mes erreurs. Vers la fin du trajet, je marchais les dents serrées, la tête vide et bourdonnante. Mais j'en vins à bout et au petit jour je frappais à la porte de M. Turnbull. Le brouillard était dense et opaque, et de la cabane je ne voyais pas la grand-route.

Turnbull en personne m'ouvrit – dégrisé, et même plus que dégrisé. Il était tiré à quatre épingles dans un complet noir, antique mais bien conservé ; il s'était rasé pas plus tard que le soir précédent, il portait un col de toile et dans sa main gauche il tenait une bible de poche. Il ne me reconnut pas tout de suite.

— Qui êtes-vous pour venir vagabonder par ici un dimanche matin ? me demanda-t-il.

J'avais entièrement perdu le compte des jours. Le dimanche ! Voilà pourquoi il était en grande tenue.

La tête me tournait si violemment que je ne pus former de réponse cohérente. Mais il me reconnut et vit que j'étais malade.

— Avez-vous rapporté mes lunettes ? demanda-t-il.

Je les tirai de la poche de mon pantalon et les lui tendis.

— Vous venez sans doute pour votre jaquette et votre gilet ? Entrez toujours... Fichtre, camarade, vous avez l'air rudement démoli. Tenez-vous un peu, que je vous apporte une chaise.

Je compris que j'étais bon pour un accès de paludisme. Il me restait de vieilles fièvres dans le sang, et la nuit d'humidité venait de les faire sortir. De plus, mon épaule et les effets des gaz s'étaient ligués pour me mettre tout à fait à plat. En un rien de temps, M. Turnbull m'aida à me déshabiller et me mit au lit dans l'un des deux lits clos qui garnissaient les murs de la cuisine.

Il ne vous abandonnait pas dans le besoin, ce vieux cantonnier. Sa femme était morte des années auparavant, et depuis le mariage de sa fille il vivait seul. Pendant près de dix jours, il me donna tous les soins rudimentaires que réclamait mon état. Il me fallait du repos tant que la fièvre suivait son cours, et, lorsque ma peau reprit sa température normale, je m'aperçus que cet accès de température avait à peu près guéri mon épaule. Mais ce fut assez grave, et, tout en quittant le lit au bout de cinq jours, il me fallut encore du temps pour me remettre d'aplomb.

Il partait chaque matin, me laissant du lait pour la journée et fermant à clef la porte derrière lui. À la nuit tombée, il revenait s'asseoir, silencieux, au coin de l'âtre. Pas une âme n'approcha de la maison. Quand je me trouvai mieux, il ne m'importuna pas de questions. À plusieurs reprises il me procura un *Scotsman* vieux de deux jours, et je remarquai que l'intérêt soulevé par l'assassinat de Portland Place était épuisé. On n'en parlait plus, et il n'était guère question que d'une assemblée générale religieuse – un peu ridicule à mes yeux.

Un jour, il tira ma ceinture d'un tiroir fermé à clef.

— Il y a de l'argent là-dedans, me dit-il. Vous feriez bien de compter pour voir si tout y est.

Il ne s'informa même pas de mon nom. Je lui demandai si personne n'était venu prendre des informations à la suite de mon accès de travaux routiers.

— Si fait, un homme en automobile. Il voulait savoir qui avait pris ma place ce jour-là, et je lui ai répondu qu'il était maboul. Mais comme il ne me lâchait pas, je lui ai dit finalement qu'il parlait sans doute de mon beau-frère de Cleuch, qui des fois me donne un coup de main. Il avait l'air d'un homme du Sud, et je ne comprenais pas la moitié de son parler anglais.

Je ne tenais plus en place les derniers jours, et je ne me sentis pas plus tôt d'aplomb que je décidai de partir. Nous étions alors le 12 juin, et, comme si la chance me favorisait, un bouvier passa ce matin-là, menant des bêtes à Moffat. C'était un nommé Hislop, un ami de Turnbull. Il entra pour déjeuner avec nous et m'offrit de m'emmener avec lui.

Je forçai Turnbull à accepter cinq livres pour ma pension, mais ce ne fut pas sans peine. Il n'y eut jamais être plus indépendant. Il devint positivement grossier quand je le pressai, et tout rouge et bourru il prit à la fin mon argent sans dire merci. Lorsque je lui parlai de ce que je lui devais, il grommela confusément qu'« une bonne manière en valait une autre ». On eût cru, à nous voir nous séparer, que nous nous quittions fâchés.

Hislop était un homme de nature enjouée, qui bavarda tout le long de la montée et jusque dans le val ensoleillé d'Annan. Je lui parlai des marchés du Galloway et du prix des moutons, et il resta persuadé que j'étais un berger de par là-bas. Mon plaid et mon vieux chapeau, comme je l'ai dit, me donnaient l'air d'un vrai Écossais. Mais c'est une corvée singulièrement lente que de conduire du bétail, et nous mîmes presque une journée à parcourir une douzaine de milles.

Si j'avais eu l'esprit moins inquiet, j'aurais apprécié ces heures-là. Le soleil était éclatant, le paysage se modifiait constamment, avec ses collines rousses et ses lointaines prairies vertes, et il s'élevait un concert perpétuel de rossignols, de courlis et d'eaux bruissantes. Mais je ne me souciais guère de l'été imminent, et moins encore de la conversation de Hislop, car j'étais accablé par l'approche fatidique du 15 juin et les difficultés de mon entreprise désespérée.

Je dînai dans un modeste pub de Moffat et fis à pied les deux derniers milles jusqu'à la bifurcation de la grande ligne. L'express de nuit pour le sud ne devait passer que vers minuit, et pour tuer le temps je montai sur le versant de la colline, où, fatigué de la marche, je m'endormis. Je faillis dormir trop longtemps : je dus courir à la gare et j'attrapai le train deux minutes avant son départ. Le contact des dures banquettes de troisième et l'odeur du tabac grossier me réjouirent étonnamment. Et puis je me sentais enfin prêt à en venir aux prises avec ma tâche.

Je descendis à Crewe en pleine nuit, et il me fallut attendre jusqu'à 6 heures un train pour Birmingham. Dans l'après-midi, j'arrivai à Reading et pris un train vicinal qui serpentait parmi les vallées du Berkshire. Je me trouvai alors dans une grasse contrée de prairies submergées et de lentes rivières envahies de roseaux. Vers 20 heures, un individu éreinté et sali par le voyage – un hybride entre le valet de ferme et le vétérinaire –, avec un plaid à carreaux noirs et blancs sur le bras (car je n'osais le porter au sud de la frontière écossaise), descendit à la petite station d'Artinswell. Il y avait du monde sur le quai, et je préférai attendre d'être sorti de là pour demander mon chemin.

La route traversait d'abord un bois de grands hêtres, puis longeait une vallée peu profonde, d'où l'on voyait de verts sommets de dunes par-dessus les arbres lointains. Au sortir de l'Écosse, l'air semblait lourd et fade, mais infiniment doux, car les tilleuls, les marronniers et les lilas formaient des berceaux de fleurs. J'arrivai bientôt à un pont au-dessous duquel un cours d'eau limpide et tranquille coulait entre des parterres neigeux de renoncules aquatiques. Un peu plus haut il y avait un moulin ; et son déversoir faisait dans l'ombre odorante un bruit agréablement frais. Ce paysage, en somme, m'apaisa et me tranquillisa. Je me mis à siffler en considérant les vertes profondeurs, et l'air qui me vint aux lèvres fut « Annie Laurie ».

Un pêcheur remontait du bord de l'eau et, en approchant de moi, lui aussi se mit à siffler. Mon air devait être communicatif, car il suivit mon exemple. C'était un homme robuste, en vieux complet de flanelle un peu sale, avec une musette de toile en bandoulière. Il m'adressa un signe de tête ; et je crois bien n'avoir jamais vu figure plus fine et plus avenante. Il appuya contre le pont sa mince canne à pêche de dix pieds et regarda l'eau avec moi.

— Elle est limpide, hein ? fit-il aimablement. Regardez-moi ce gros là-bas. Je parie quatre livres qu'il pèse une once. Mais le bon moment du soir est passé et il n'y a plus moyen de les crocher.

— Je ne le vois pas, dis-je.

— Regardez, là-bas ! À un mètre des roseaux, juste au-dessus de cette épinoche.

— Je le tiens à présent. On jurerait une pierre noire.

— Tout juste, dit-il.

Et il siffla encore une mesure d'« Annie Laurie ».

— C'est Twisdon qu'il s'appelle, n'est-ce pas ? fit-il par-dessus l'épaule, sans quitter des yeux le courant.

— Non..., dis-je. C'est-à-dire oui.

J'avais entièrement oublié mon pseudonyme.

— Un sage conspirateur ne doit pas oublier son nom, observa-t-il, en adressant un sourire épanoui à une poule de bruyère qui émergeait de l'ombre du pont.

Je restai à le regarder ; et sa mâchoire ferme et carrée, son front large et ridé, les lignes fermes de ses joues, me firent voir que j'avais enfin trouvé un allié qui en valait la peine. Ses étranges yeux bleus semblaient voir très profondément.

Tout à coup il fronça le sourcil.

— C'est honteux ! fit-il, élevant la voix, honteux qu'un homme bien constitué comme vous ose demander l'aumône. Je veux bien vous faire donner à manger, mais vous n'aurez pas un sou de moi.

Un buggy passait, conduit par un jeune homme qui leva son fouet pour saluer le pêcheur. Lorsqu'il eut disparu, celui-ci reprit sa canne.

— Voici ma maison, dit-il, en désignant un portail blanc à cent mètres de là. Attendez cinq minutes et puis allez jusqu'à la porte de derrière.

Et là-dessus il me quitta.

Je fis comme il m'indiquait. Au bout d'un chemin que bordait une véritable jungle de boules-de-neige et de lilas, je trouvai un joli châlet dont la pelouse descendait à la rivière. La porte de derrière était ouverte, et un majestueux maître d'hôtel m'attendait.

— Par ici, monsieur, dit-il.

Et il me conduisit par un corridor et par un escalier de service à une jolie chambre donnant sur la rivière. J'y trouvai à ma disposition une garde-robe assortie : un habit de soirée avec tous ses accessoires, un complet de flanelle marron, des chemises, cols, cravates, rasoirs et brosses à cheveux, jusqu'à une paire de bottines de marque.

— Sir Walter a pensé que les effets de M. Reggie vous iraient, monsieur, dit le maître d'hôtel. Il a ici quelques affaires, car il vient régulièrement passer le dimanche. La salle de bains est à côté, monsieur, et j'ai fait chauffer l'eau. On dîne dans une demi-heure, monsieur. Vous entendrez le gong.

L'imposant individu se retira, et je me laissai aller tout ébaubi dans une bergère recouverte de chintz. C'était une vraie féerie de passer tout à coup de la mendicité à ce confort bien ordonné. D'évidence, pour un motif qui m'échappait, sir Walter croyait en moi. Je me regardai dans la glace et vis un homme basané, hirsute et farouche, avec une barbe de huit jours, de la poussière dans les yeux et les oreilles, vêtu d'une chemise grossière et sans col, d'informes vêtements de vieux tweed, et chaussé de souliers qui n'avaient plus vu de cirage depuis un mois. Je faisais un charmant chemineau et un joli bouvier ; et voici que j'étais introduit par un majordome distingué dans ce gracieux temple du luxe. Le plus beau, c'est qu'on ne savait même pas mon nom.

Je résolus de ne pas me casser la tête sur ce problème et d'accepter les dons que m'envoyaient les dieux. Je me rasai et me baignai avec délice, me glissai dans la belle chemise crissante et dans le costume de soirée qui ne m'allait pas trop mal. Lorsque j'eus fini, la glace me renvoya l'image d'un jeune homme assez présentable.

Sir Walter m'attendait dans la pénombre d'une salle à manger où une petite table ronde était éclairée par des flambeaux d'argent. À sa vue – à la vue de cet homme si respectable, posé et sûr de lui, incarnation de la loi, du gouvernement et de toutes les convenances – j'eus un geste de recul et me fis l'effet un intrus. Il était impossible qu'il sût la vérité à mon sujet, sinon il ne m'aurait pas traité de la sorte. Je ne pouvais réellement accepter son hospitalité sur des bases mensongères.

— Je vous suis plus obligé que je ne peux l'exprimer, mais je me vois forcé de mettre les choses au point, lui dis-je. Bien que je sois innocent, la police est à ma recherche. Je tiens à vous en informer et je ne m'étonnerais pas si vous me jetiez à la porte.

Il sourit.

— Ne vous inquiétez pas. Que cela ne trouble pas votre appétit. Nous en reparlerons après dîner.

Jamais repas ne me fit plus grand plaisir, car je n'avais rien mangé de toute la journée que des sandwiches de buffet. Sir Walter me traita avec distinction, en m'offrant un champagne supérieur, suivi d'un porto exquis. Je faillis pleurer d'énervement, à me voir assis là, servi par un valet de pied et un maître d'hôtel impeccable, et à me rappeler que je venais de vivre trois semaines durant comme un bandit, avec le monde entier contre moi. J'entretins sir Walter du poisson-tigre du Zambèze, qui vous emporterait les doigts d'un coup de dent si on le laissait faire, et nous causâmes cynégétique en long et en large du globe, car il avait chassé un peu dans sa jeunesse.

Nous prîmes le café dans son cabinet, agréable pièce garnie de livres et de trophées, pleine de désordre et de confort. Je pris la résolution, si jamais je me dépêtrais de cette affaire et possédais un jour une maison à moi, de m'organiser une pièce pareille. Puis, les tasses à café débarrassées et nos cigares allumés, mon hôte passa ses longues jambes par-dessus le bras de son fauteuil et me pria de lui raconter mon histoire.

— J'ai obéi aux instructions de Harry, ajouta-t-il, et il m'a promis qu'en échange vous me raconteriez quelque chose d'intéressant. Je vous écoute, monsieur Hannay.

Je sursautai à l'entendre m'appeler par mon vrai nom.

Je commençai par le commencement. Je dis mon ennui à Londres, et ce soir où, alors que je rentrais chez moi, Scudder m'arrêta devant ma porte. Je lui répétai tout ce que Scudder m'avait raconté au sujet de Karolidès et de la conférence du Foreign Office, sur quoi il se pinça les lèvres en souriant. Puis j'en vins à l'assassinat, et il reprit son sérieux. Il sut tout concernant le laitier, mon voyage dans le Galloway et mon déchiffrement des notes de Scudder, à l'auberge.

— Vous les avez sur vous ? demanda-t-il avec vivacité.

Et il poussa un soupir de soulagement lorsque je tirai de ma poche le petit calepin.

Je ne parlai pas de son contenu. Mais je rapportai ma rencontre avec sir Harry, et les discours de la réunion. Cela le fit rire aux éclats.

— Harry a débité les pires absurdités, alors ? Je le crois bien volontiers. C'est le meilleur garçon du monde, mais sa ganache d'oncle lui a bourré la cervelle de sottises. Allez toujours, monsieur Hannay.

Ma journée de cantonnier excita son intérêt. Il me fit décrire méticuleusement les deux individus de l'auto et parut interroger sa mémoire. Il retrouva sa gaieté en apprenant le sort de cet imbécile de Jopley.

Mais l'épisode du vieillard dans la maison de la lande le rendit grave. De nouveau il me fallut décrire son extérieur dans le dernier détail.

— Doucereux et chauve, et clignant des yeux comme un volatile... Un vrai oiseau de mauvais augure ! Et vous avez dynamité son ermitage après qu'il vous eut sauvé de la police ! Voilà du noble travail !

J'arrivai enfin au bout de mes pérégrinations. Il se leva lentement et, debout devant le foyer, abaissa vers moi son regard.

— Vous pouvez rayer la police de vos soucis, dit-il. Vous n'avez plus à craindre en rien la justice de votre pays.

— Grand Dieu ! m'écriai-je. A-t-on retrouvé l'assassin ?

— Non. Mais depuis une quinzaine on ne songe plus à vous inculper.

— Pourquoi ? demandai-je avec étonnement.

— Tout d'abord parce que j'ai reçu une lettre de Scudder. Je le connaissais un peu, et il a travaillé plusieurs fois pour moi. Il était à demi toqué, à demi génial, mais foncièrement honnête. L'ennui avec lui était son inclination à mener sa partie seul. Cela le rendait à peu près inutile dans un service secret – chose regrettable, car il possédait des facultés hors du commun. C'était, je crois, l'homme le plus brave du monde, car il tremblait toujours de peur, et cependant il ne reculait devant rien. J'ai reçu de lui une lettre le 31 mai.

— Mais il était mort depuis huit jours.

— La lettre fut écrite et mise à la poste le 23. Évidemment il ne prévoyait pas une fin aussi proche. Sa correspondance mettait d'ordinaire une semaine à me parvenir, car elle était expédiée sous double enveloppe en Espagne, et de là à Newcastle. Il avait la manie, vous le savez, de dissimuler ses traces.

— Que disait-il ? balbutiai-je.

— Rien. Simplement qu'il était en danger, mais qu'il avait trouvé asile chez un ami sûr et que je recevrais de ses nouvelles avant le 15 juin. Il ne me donnait pas d'adresse, mais disait qu'il logeait près de Portland Place. Son intention était, je crois, de vous disculper s'il lui arrivait quelque chose. En recevant cette lettre je me rendis à Scotland Yard, repassai les détails de l'enquête, et conclus que c'était vous, monsieur Hannay, l'ami en question. Nous prîmes sur votre compte des informations, qui se trouvèrent favorables. Je crus comprendre que votre disparition avait pour cause non seulement la police, mais encore une autre crainte – et en recevant le billet de Harry je devinai le reste. Je vous ai attendu à tout moment depuis huit jours.

On peut imaginer quel poids cela m'ôta de l'esprit. Je me sentis de nouveau un homme libre, car je n'avais plus à lutter que contre les ennemis de mon pays, et non plus contre sa police.

— Et maintenant, voyons ce petit calepin, dit sir Walter.

Son examen nous prit une bonne heure. Je lui expliquai le chiffre, et il sut s'en servir tout de suite. Il corrigea ma lecture en divers passages, mais ma traduction était relativement correcte. Avant la fin son visage revêtait un sérieux extrême, et il resta ensuite quelque temps silencieux.

— Je ne sais que faire, dit-il enfin. Il a raison sur un point – à savoir ce qui va se passer après-demain. Comment diable cela a-t-il pu transpirer ? Voilà déjà qui est assez mauvais. Mais tout ce qui concerne la guerre et la Pierre-Noire, cela me fait l'effet du pire mélo. Que n'ai-je plus de confiance dans le jugement de Scudder ! L'ennui avec lui, c'est qu'il était trop romanesque. Il avait le tempérament artiste, et il prétendait embellir la vérité toute nue. Il avait en outre quelques travers bizarres. Les Juifs, par exemple, lui faisaient voir rouge. Les Juifs et la haute finance.

« La Pierre-Noire, reprit-il. *Der Schwarze Stein*. C'est comme dans les livraisons à deux sous. Et toutes ces choses concernant Karolidès. C'est la partie faible de l'histoire, car je sais pertinemment que le vertueux Karolidès est capable de durer plus longtemps que nous deux. Aucun pays en Europe ne désire le voir disparaître. De plus, il vient de déployer ses talents à Berlin et à Vienne et de procurer à mon chef quelques mauvais moments. Non ! Scudder a perdu la piste là-dessus. Franchement, Hannay, je ne crois pas cette partie de son histoire. Il se brasse quelque vilaine affaire, il en a découvert trop et il y a perdu la vie. Soit. Mais je suis prêt à donner ma parole qu'il s'agit là de simple espionnage. Une certaine grande puissance européenne est entichée de son système d'espionnage, et ses méthodes ne sont pas des plus scrupuleuses. Comme elle paie argent comptant, ses émissaires n'iront pas reculer devant un meurtre ou deux. Ils veulent nos plans de mobilisation navale pour le *Marine Amt*[1] ; mais ces plans seront vite envoyés aux oubliettes – voilà tout.

À ce moment le majordome pénétra dans la pièce.

— On vous demande au téléphone, de Londres, sir Walter. C'est M. Heath, qui désire vous parler personnellement.

Mon hôte s'en alla au téléphone.

Il revint au bout de cinq minutes, pâle comme un linge.

— Je fais mes excuses aux mânes de Scudder, dit-il. Karolidès a été tué d'un coup de revolver, ce soir, quelques minutes avant 19 heures.

---

1. Ministère allemand de la Marine.

8
Où la Pierre-Noire apparaît

Le lendemain matin, après huit heures d'un sommeil sans rêves, je descendis pour déjeuner, et trouvai devant les muffins et les confitures sir Walter occupé à déchiffrer un télégramme. Ses fraîches couleurs de la veille semblaient un peu atténuées.

— J'ai passé une heure au téléphone après votre coucher, dit-il. J'ai engagé mon chef à parler au Premier Lord de l'amirauté et au secrétaire à la Guerre, et ils font venir Royer un jour plus tôt. Cette dépêche le confirme. Il sera à Londres à 17 heures. Bizarre que le nom du code pour sous-chef d'état-major général soit « Porc ».

Il me désigna les plats et reprit :

— Je ne crois d'ailleurs pas que cela serve à grand-chose. Si vos bons amis ont été assez malins pour découvrir le premier plan de mobilisation, ils le seront encore pour découvrir sa modification. Je donnerais un an de ma vie pour savoir d'où vient la fuite. Nous croyions qu'il n'y avait en Angleterre que cinq personnes au courant de la visite de Royer, et vous pouvez être certain qu'il n'y en avait même pas autant en France, car là-bas ils prennent mieux leurs précautions.

Tandis que je mangeais il continua de parler et, à mon étonnement, il me mit pleinement dans la confidence.

— Ne peut-on changer les plans ? demandai-je.

— On pourrait, répondit-il. Mais nous voulons l'éviter, si possible. Elles sont le résultat d'un travail infini, et aucun succédané ne les vaudrait. D'ailleurs, sur certains points, tout changement est impossible. Néanmoins on pourrait faire quelque chose, si c'était absolument nécessaire. Mais vous voyez la difficulté, Hannay. Nos ennemis ne vont pas être stupides au point de dévaliser Royer, ou un autre truc enfantin du même genre. Ils savent que cela ferait du bruit et nous mettrait sur nos gardes. Ce qu'ils veulent, c'est obtenir les détails à l'insu de nous tous, de façon à ce que Royer retourne à Paris persuadé que toute l'affaire est demeurée absolument secrète. S'ils ne peuvent arriver à ce résultat, ils ratent leur coup, car ils savent que, dès l'instant où nous avons des soupçons, tous les plans vont être modifiés.

— Alors nous devons nous attacher aux pas du Français jusqu'à son retour chez lui, répliquai-je. S'ils croyaient pouvoir obtenir l'information à Paris, c'est là qu'ils essaieraient. Autrement dit, ils ont préparé à Londres quelque complot machiavélique, dont ils escomptent le succès.

— Royer dîne avec mon chef, après quoi il vient chez moi, où quatre personnes le verront : Whittaker de l'amirauté, moi-même, sir Arthur Drew et le général Winstanley. Le Premier Lord, un peu souffrant, est parti pour Sheringham. Chez moi, Royer recevra de Whittaker un certain document, après quoi il sera transporté en voiture à Portsmouth, d'où un torpilleur l'emmènera au Havre. Son voyage est trop sérieux pour prendre le paquebot ordinaire. On ne le perdra pas de vue un seul instant jusqu'à ce qu'il soit rendu sain et sauf sur la terre de France. De même pour Whittaker jusqu'à sa rencontre avec Royer. C'est ce que nous pouvons faire de mieux, et je ne vois pas la moindre anicroche possible. Mais je n'en avoue pas moins que je ne suis aucunement rassuré. Cet assassinat de Karolidès va faire un bruit de tous les diables dans les chancelleries d'Europe.

Après le déjeuner, il me demanda si je savais conduire une auto.

— Eh bien ! Vous me servirez de chauffeur pour aujourd'hui et vous porterez la livrée de Hudson. Vous avez à peu près sa taille. Vous êtes partie prenante dans cette affaire, et nous ne devons rien laisser au hasard. Nos adversaires sont des hommes résolus à tout, qui ne respecteraient pas la retraite campagnarde d'un homme d'État surmené.

Lors de mon arrivée à Londres, j'avais acheté une auto et je m'étais amusé à parcourir le sud de l'Angleterre, de sorte que je connaissais un peu la géographie du pays. J'emmenai sir Walter en ville par la route de Bath et roulai bon train. C'était une matinée de juin, tiède et sans un souffle, qui promettait de s'alourdir par la suite, mais en attendant c'était fort agréable de traverser les petites villes aux rues arrosées de frais et de rouler le long des jardins de la vallée de la Tamise. Je laissai sir Walter à son hôtel de Queen Anne's Gate à 11 heures et demie précises. Le majordome suivait par le train avec les bagages.

Son premier soin fut de me conduire à Scotland Yard. Un homme tout à fait correct avec une tête de notaire nous y reçut.

— Je vous amène l'assassin de Portland Place.

Telle fut la présentation de sir Walter.

On lui répondit par un sourire oblique.

— Le cadeau eût naguère été le bienvenu, Bullivant. Car c'est là, je suppose, ce M. Richard Hannay qui pendant quelques jours a si fort intéressé mon service ?

— M. Hannay l'intéressera encore. Il a beaucoup à vous raconter, mais pas aujourd'hui. Pour des raisons majeures, son histoire doit attendre encore vingt-quatre heures. Alors, je vous le garantis, elle vous intéressera et même vous édifiera. Je tiens à ce que vous affirmiez à M. Hannay qu'il n'a plus à craindre aucune tracasserie.

Cette assurance me fut donnée aussitôt.

— Vous pouvez aller où bon vous semblera, me dit-on. Votre appartement, que vous ne désirez peut-être plus occuper, vous attend, gardé par votre domestique. Comme on ne vous a jamais inculpé officiellement, nous pensions qu'il n'était pas besoin d'une réhabilitation publique. Mais sur ce point, bien entendu, vous ferez comme bon vous semblera.

— Nous aurons peut-être encore besoin de votre aide, MacGillivray, dit sir Walter quand nous prîmes congé.

Après quoi il me rendit ma liberté.

— Venez me revoir demain, Hannay. Je n'ai pas besoin de vous recommander de vous tenir parfaitement coi. À votre place, j'irais me coucher, d'autant que vous devez avoir des arriérés de sommeil à liquider. Vous ferez mieux de ne pas vous montrer, car si l'un de vos bons amis de la Pierre-Noire vous voyait, cela pourrait vous attirer encore des ennuis.

Je me sentis singulièrement désemparé. Au début, je trouvai fort agréable d'être de nouveau un homme libre et de pouvoir aller où je voulais sans crainte aucune. Cet unique mois passé au ban de la société m'avait amplement suffi. J'allai au Savoy et m'y commandai un déjeuner des plus copieux, après quoi je fumai le meilleur cigare qu'on trouvât dans l'établissement. Mais mon inquiétude persistait. Lorsque je voyais quelqu'un regarder dans le restaurant, je me figurais qu'il pensait à l'assassinat.

Je pris ensuite un taxi et me fis conduire à plusieurs milles au nord de Londres. Je revins à pied entre des champs et des rangées de villas et de terrasses, auxquelles succédèrent des bouges et des rues sordides. Ce retour ne me prit guère moins de deux heures. Cependant mon inquiétude ne faisait qu'empirer. Je sentais que de graves, de formidables événements étaient sur le point d'arriver, et moi, moi la cheville ouvrière de toute l'affaire, je m'en trouvais exclu. Royer allait débarquer à Douvres, sir Walter allait faire des projets avec les quelques personnes en Angleterre qui étaient dans le secret, et quelque part dans l'ombre la Pierre-Noire travaillerait. J'éprouvais le sentiment du danger et de la catastrophe imminente, et j'avais la singulière certitude que moi seul pouvais la conjurer, que moi seul je pouvais lutter. Mais j'étais hors du jeu à présent. Et quoi de plus naturel ? C'était évident qu'aucun ministre, aucun lord de l'amirauté ni aucun général iraient m'admettre dans leurs conseils.

J'en vins bientôt à désirer la rencontre de l'un de mes trois ennemis. Il s'ensuivrait des résultats. J'éprouvais le désir fou d'avoir avec ces messieurs une explication, au cours de laquelle je pourrais cogner et démolir quelqu'un. J'en arrivai bientôt à être d'une humeur exécrable.

Je n'éprouvais aucune envie de retourner à mon appartement. Il faudrait bien en arriver là un jour ou l'autre, mais comme il me restait encore assez d'argent, je résolus de remettre la chose au lendemain matin et d'aller coucher à l'hôtel.

Mon irritation persista durant tout le dîner, que je pris dans un restaurant de Jermyn Street. Je n'avais plus faim et je laissai passer plusieurs plats sans y toucher. Je bus presque toute une bouteille de bourgogne, sans qu'elle parvînt à me dérider. Une terible agitation s'était emparée de moi. J'avais beau n'être qu'un garçon comme tout le monde, sans talents particuliers, je n'en restais pas moins convaincu que l'on avait besoin de moi pour aider à clore cette affaire – que sans moi tout irait à vau-l'eau. Je me répétais que c'était là une outrecuidance sotte, que trois ou quatre des plus habiles personnages qui fussent, et disposant de toutes les ressources de l'Empire britannique, s'occupaient de l'affaire. Je n'arrivais pas à m'en convaincre. Il me semblait qu'une voix me parlait à l'oreille, m'exhortant à agir, faute de quoi je m'en repentirais à tout jamais.

En fin de compte, vers 21 h 30, je résolus d'aller à Queen Anne's Gate. Fort probablement je ne serais pas reçu, mais cela me mettrait la conscience en repos d'essayer.

Je descendis Jermyn Street. Au coin de Duke Street je croisai une troupe de jeunes hommes en habit de soirée qui sortaient de dîner et se rendaient au music-hall. Parmi eux se trouvait M. Marmaduke Jopley.

À ma vue, il s'arrêta court.

— Bon Dieu ! C'est l'assassin ! s'écria-t-il. À moi, les amis, attrapez-le ! C'est Hannay, l'auteur du crime de Portland Place.

Il me saisit par le bras, et ses compagnons m'entourèrent. Bien qu'il n'en pût résulter pour moi aucun ennui, ma mauvaise humeur me poussa à me conduire stupidement. Un policier arriva. J'aurais dû lui dire la vérité et, au cas où il ne m'eût pas cru, lui demander de me conduire à Scotland Yard, ou du moins au poste de police le plus proche. Mais sur le moment tout délai me parut insupportable, et je ne pus me contenir devant la tête de crétin que faisait Marmie. Je lui envoyai un gauche et eus la satisfaction de le voir s'étaler de tout son long dans le caniveau.

Il s'ensuivit une affreuse bagarre. Tous sautèrent sur moi en un instant, et l'agent me prit à revers. Je distribuai quelques bons coups, et je pense qu'en combat loyal je les aurais tous roulés ; mais il me ceintura par-derrière, et un autre individu en profita pour me serrer à la gorge.

En proie à une fureur noire, j'entendis le policier demander de quoi il s'agissait, et Marmie déclarer, entre ses dents brisées, que j'étais l'assassin Hannay.

— Oh ! Assez, nom de Dieu ! m'écriai-je. Faites-le taire ! Quant à vous, l'agent, je vous conseille de me laisser tranquille. Scotland Yard est au courant, et vous attraperez un fameux savon si vous m'arrêtez.

— Il vous faut venir avec moi, jeune homme, dit le policier. Je vous ai vu frapper ce monsieur avec une brutalité inouïe. C'est vous d'ailleurs qui avez commencé, car il ne vous faisait rien. Je vous ai vu. Si vous ne venez pas tranquillement, je serai forcé de vous passer les menottes.

Mon exaspération, jointe à l'idée fixe qu'à aucun prix je ne devais m'attarder, me donna la force d'un éléphant en rut. Je culbutai proprement l'homme en uniforme, envoyai au plancher l'homme qui me tenait au collet et détalai à toute allure dans Duke Street. J'entendis derrière moi un coup de sifflet et une ruée de gens.

Je suis assez rapide et, ce soir-là, j'avais des ailes. En un clin d'œil je fus dans Pall Mall et tournai vers Saint James's Park. J'évitai le garde aux portes du palais, plongeai dans un fouillis de voitures à l'entrée du Mall et me dirigeai vers le pont avant que mes poursuivants n'eussent traversé la chaussée. Dans les allées du parc, je me lançai à fond de train. Heureusement elles étaient presque désertes, et personne ne tenta de m'arrêter. Je ne voyais qu'une chose : arriver à Queen Anne's Gate.

Lorsque je pénétrai dans ce paisible quartier, il me parut vide. En face de l'hôtel de sir Walter, situé dans la partie la plus étroite, je vis trois ou quatre voitures arrêtées. Je ralentis quelques mètres en avant et marchai droit sur la porte. Si le majordome me refusait l'entrée, ou si même il tardait à m'ouvrir, j'étais fichu.

Il ne tarda pas. J'avais à peine sonné que la porte s'ouvrit.

— Il faut que je voie sir Walter, haletai-je. Mon affaire est d'importance capitale.

Le majordome était de haute taille. Sans qu'un de ses muscles bougeât, il me tint le battant ouvert, puis le referma sur moi.

— Sir Walter est occupé, monsieur, et j'ai reçu l'ordre de n'introduire personne chez lui. Vous voudrez bien attendre.

L'hôtel était à l'ancienne mode, avec un grand vestibule où des pièces donnaient de chaque côté. Au fond se voyait un réduit, pourvu d'un téléphone et d'une couple de chaises, où le majordome m'offrit de m'asseoir.

— Écoutez, chuchotai-je. Il y a du grabuge et j'y suis mêlé. Mais sir Walter est au courant, et c'est pour lui que je travaille. Si on vient vous demander après moi, dites que vous ne m'avez pas vu.

Il fit un signe d'assentiment, et tout aussitôt un bruit de voix s'éleva au-dehors, et on sonna violemment. Le majordome fut parfait. Il ouvrit la porte et, l'air impassible comme une image, attendit qu'on l'interroge. Puis il leur en donna de sa façon. Il leur dit à qui appartenait l'hôtel, répéta les ordres reçus et les repoussa du seuil, majestueusement. Je voyais tout de mon réduit et m'amusais comme au théâtre.

J'attendais depuis peu de temps lorsqu'on sonna de nouveau. Le majordome ne fit pas de difficultés à introduire le nouveau visiteur.

Pendant qu'il retirait son pardessus, je vis qui c'était. On ne pouvait alors ouvrir un journal ou une revue sans rencontrer ce visage – la barbe grise taillée en bouc, les dures mâchoires de lutteur, le nez carré du bout, et les yeux bleus et perçants. C'était le Premier Lord de l'amirauté, l'homme qui a, dit-on, reconstitué la flotte britannique.

Il passa devant mon réduit et pénétra dans une salle à l'arrière du vestibule. La porte en s'ouvrant me laissa entendre un bruit de voix assourdies. Elle se referma, et je me trouvai de nouveau seul.

Durant vingt minutes, je restai là, sans savoir à quoi me résoudre. J'éprouvais encore l'absolue conviction que j'étais nécessaire, mais quand ou comment, je l'ignorais tout à fait. Je ne cessais de consulter ma montre, et lorsque les aiguilles approchèrent de 22 h 30, je commençai à croire que la conférence tirait à sa fin. D'ici un quart d'heure, Royer filerait sur la route de Portsmouth.

Soudain une sonnette retentit, et le majordome parut. La porte de la salle du fond se rouvrit, et le Premier Lord de l'amirauté sortit. Comme il passait devant moi, il jeta un coup d'œil dans ma direction, et pendant une seconde nous nous dévisageâmes.

Cela ne dura qu'une seconde, mais c'en fut assez pour me faire bondir le cœur. Je n'avais jamais vu le grand homme auparavant, et il ne me connaissait pas non plus. Mais au cours de cette durée infime, une lueur parut dans son regard : il me reconnaissait ! Impossible de s'y méprendre. C'était un éclair, une étincelle, un rien, mais ce rien signifiait une chose, et une seule. Ce fut involontaire de sa part, et cela disparut aussitôt. Il continua son chemin. Livré à un tourbillon de folles imaginations, j'entendis la porte de la rue se refermer sur lui.

J'attrapai l'annuaire du téléphone et cherchai le numéro de son domicile. La communication me fut donnée aussitôt, et j'entendis la voix d'un valet.

— Sa Seigneurie est-elle chez elle ? demandai-je.

— Mylord est rentré il y a une demi-heure, fit la voix. Il est déjà couché, car il est indisposé ce soir. Peut-on lui transmettre un message, monsieur ?

Je raccrochai et me laissai tomber sur une chaise. Mon rôle dans cette affaire n'était décidément pas terminé. Nous l'avions échappé belle, mais j'arrivais à temps.

Il n'y avait pas un instant à perdre. Je me dirigeai vers la porte de la salle du fond, où j'entrai sans frapper. Cinq personnes installées autour d'une table ronde levèrent sur moi des yeux étonnés. Il y avait là sir Walter, et le ministre de la Guerre, Drew, que je connaissais par ses photographies. Le petit homme âgé devait être Whittaker, le chef de l'amirauté, et j'identifiai le général Winstanley grâce à la longue cicatrice de son front. Le cinquième était un gros petit homme à la moustache poivre et sel et aux sourcils broussailleux, qui venait de s'arrêter au milieu d'une phrase.

Les traits de sir Walter exprimaient la surprise et l'irritation.

— Je vous présente M. Hannay, dont je vous ai parlé, dit-il à la ronde, en manière d'excuse. Il me semble, monsieur Hannay, que votre visite est intempestive.

Je recouvrais peu à peu mon sang-froid.

— Cela reste à voir, monsieur, répliquai-je ; mais je crois plutôt qu'elle arrive juste à point. Pour l'amour de Dieu, messieurs, dites-moi qui vient de sortir d'ici à la minute ?

— Lord Alloa, dit sir Walter, rougissant de colère.

— Ce n'était pas lui ! m'écriai-je. C'était sa vivante image, mais ce n'était pas lord Alloa ! c'était quelqu'un qui m'a reconnu, quelqu'un que j'ai vu le mois dernier. Il venait à peine de franchir le seuil que j'ai téléphoné à l'hôtel de lord Alloa : on m'a répondu qu'il était rentré depuis une demi-heure, pour se mettre au lit aussitôt.

— Mais qui... qui..., haleta quelqu'un.

— La Pierre-Noire ! m'écriai-je.

Et je me laissai tomber dans le fauteuil vacant depuis si peu de temps, au milieu de cinq personnes entièrement bouleversées.

9
Les trente-neuf marches

— C'est absurde ! déclara le chef de l'amirauté.

Sir Walter se leva et quitta la pièce, nous laissant pensifs et les yeux baissés. Il revint au bout de dix minutes, la mine allongée.

— Je viens de parler à Alloa, dit-il. Je l'ai fait tirer de son lit – non sans difficulté. Il est rentré directement après le dîner chez Mulross.

— Mais c'est de la folie ! interrompit le général Winstanley. Vous voudriez me faire croire que cet homme a pu venir ici et rester là à côté de moi pendant toute une demi-heure sans que je m'aperçoive de la substitution ? Il faut qu'Alloa ait perdu la tête.

— Ne voyez-vous pas de quelle habileté ils ont fait preuve ? dis-je. Vous étiez trop préoccupés d'autre chose pour voir clair. L'identité de lord Alloa allait de soi. S'il se fût agi de quelqu'un d'autre, vous l'auriez peut-être regardé plus attentivement, mais sa présence à lui était toute naturelle, et cela vous a fermé les yeux.

Mais alors le Français parla, très posément, et en bon anglais.

— Ce jeune homme a raison. Sa psychologie est juste. Nos ennemis n'ont pas été si bêtes !

Il pencha sur l'assistance son front méditatif.

— Je vais vous conter une histoire, fit-il. Elle m'est arrivée il y a longtemps, au Sénégal. J'étais cantonné dans un poste perdu et, pour me distraire, j'avais pris l'habitude de pêcher dans la rivière où abondaient de gros barbeaux. Une petite jument arabe – appartenant à cette race, originaire des dunes salines, que l'on trouvait naguère à Tombouctou – portait de coutume mon panier à provisions. Or, un matin où je faisais bonne pêche, la jument se montra singulièrement agitée. Je l'entendis hennir, se plaindre et frapper du pied, et je la calmai de la voix, tout en m'occupant du poisson. Je ne cessais pas de la voir du coin de l'œil, croyais-je, attachée à un arbre distant de vingt mètres... Au bout de deux heures, l'envie me vint de manger un morceau. Je rassemblai mon poisson dans un sac de toile goudronnée et descendis vers ma jument le long de la berge, en traînant ma ligne. Arrivé auprès d'elle, je lui jetai sur le dos le sac...

Il s'interrompit et nous regarda.

— Ce fut l'odeur qui me donna l'éveil. Je tournai la tête et vis à trois pas de moi un lion qui me considérait... Un vieux mangeur d'hommes, la terreur du village... Il ne restait plus de la jument qu'un amas sanglant d'os et de peau, caché derrière lui...

— Comment cela finit-il ? demandai-je, car j'étais assez chasseur pour reconnaître une histoire authentique.

— Je lui fourrai ma canne à pêche dans la gueule, et j'avais un revolver. Puis mes serviteurs arrivèrent justement avec des fusils. Mais il m'a laissé sa marque.

Et il nous montra sa main où manquaient trois doigts.

— Réfléchissez, dit-il. La jument était morte depuis plus d'une heure, et le fauve n'avait cessé de me surveiller depuis. J'ignorais le meurtre parce que j'étais habitué à l'agitation de ma bête, et je ne remarquai pas son absence parce que je la percevais simplement comme une tache rousse, et le lion en tenait lieu. Eh bien, messieurs, s'il me fut possible de me leurrer de la sorte, dans un pays où l'on a les sens aux aguets, pourquoi voudriez-vous que nous, citadins préoccupés, ne nous trompions pas également ?

Sir Walter acquiesça. Nul ne songeait à le contredire.

— Mais je ne comprends pas, reprit Winstanley. Leur but était d'obtenir ces renseignements à notre insu. Or il suffisait pour découvrir la supercherie que l'un de nous rappelât notre rencontre de ce soir à Alloa.

Sir Walter eut un rire bref.

— Ce choix d'Alloa prouve leur intelligence. Lequel d'entre nous serait allé lui reparler de ce soir ? Ou lui serait-il arrivé, à lui, d'entamer ce sujet ?

Et en effet le Premier Lord de l'amirauté était bien connu pour se montrer taciturne et d'humeur capricieuse.

— Reste à savoir, dit le général, quel avantage sa visite ici va procurer à cet espion. Il n'a pu retenir de mémoire plusieurs pages de chiffres et de noms étrangers.

— Ce n'est pas difficile, répliqua le Français. Un bon espion doit s'exercer à posséder une mémoire photographique. À l'instar de votre Macaulay. Remarquez qu'il n'a rien dit, mais qu'il a parcouru ces papiers à diverses reprises. Nous devons, je crois, admettre qu'il en a emporté tout le détail imprimé dans son souvenir. Quand j'étais plus jeune, j'étais capable de ce petit tour de force.

— Dans ce cas il ne nous reste plus qu'une chose à faire, c'est de changer nos dispositions, dit avec tristesse sir Walter.

Whittaker semblait fort ennuyé.

— Avez-vous raconté à lord Alloa ce qui s'est passé ? demanda-t-il. Non ? Eh bien, je ne puis l'affirmer en toute certitude, mais je crains fort que, pour faire des changements sérieux, il ne nous faille modifier la géographie de l'Angleterre.

— Je dois vous dire autre chose, ajouta Royer. J'ai parlé librement lorsque cet homme était ici. J'ai laissé échapper quelques mots sur les dispositions militaires de mon gouvernement. J'avais l'autorisation de le faire. Mais cette information est d'un prix inestimable pour nos adversaires. Non, mes amis, je ne vois qu'un moyen. L'homme qui est venu ici doit, ainsi que ses complices, être pris, et pris sans retard.

— Bon Dieu ! m'écriai-je, mais nous n'avons pas l'ombre d'un indice.

— En outre, fit Whittaker, il y a la poste. À l'heure qu'il est, la nouvelle est peut-être en route.

— Non, répliqua le Français. Vous ne connaissez pas la manière de faire d'un espion. Il reçoit sa récompense en personne, et il remet en personne ses renseignements. Nous autres, en France, nous ne connaissons que trop cette espèce. Il nous reste une chance, mes amis. Ces individus doivent franchir la mer : que l'on fouille les navires et que l'on surveille les ports. Croyez-moi, c'est un cas des plus graves, tant pour la France que pour l'Angleterre.

Le bon sens parfait de Royer nous réconforta. Il représentait l'homme d'action parmi des indécis. Mais je ne voyais d'espoir d'aucun côté. Comment pouvions-nous, parmi les cinquante millions d'habitants de ces îles, et en douze heures, mettre la main sur les plus habiles canailles de l'Europe ?

Tout à coup il me vint une idée.

— Où est le calepin de Scudder ? lançai-je à sir Walter. Vite, donnez-le ; je me rappelle quelque chose dedans.

Il ouvrit un pupitre fermé à clef et me passa le calepin.

Je trouvai l'endroit, et lus :

— « Trente-neuf marches. » Et encore une fois : « Trente-neuf marches – je les ai comptées. Haute mer à 22 h 17. »

L'homme de l'amirauté me regardait comme s'il m'eût cru fou.

— Ne comprenez-vous pas que c'est un indice ? m'écriai-je. Scudder connaissait le repaire de ces gens... Il a gardé pour lui le nom de l'endroit, mais il savait par où ils devaient quitter le pays. C'est demain leur jour, et c'est un endroit où la mer est haute à 22 h 17.

— Ils sont peut-être partis ce soir, dit quelqu'un.

— Sûrement pas. Ils n'iraient pas se presser, quand ils ont leur bon petit moyen secret. Je connais les Allemands. Ils aiment travailler d'après un plan. Où diable puis-je me procurer un annuaire des marées ?

Whittaker reprit courage.

— C'est un moyen, fit-il. Allons jusqu'à l'amirauté.

Nous montâmes dans deux des voitures qui attendaient – à l'exception de sir Walter, qui se rendit à Scotland Yard pour « mobiliser MacGillivray », comme il dit.

Après avoir parcouru d'interminables corridors et des pièces nues où s'affairaient les femmes de ménage, nous arrivâmes enfin à une petite salle garnie de livres et de cartes. On dénicha le préposé, qui tira aussitôt de la bibliothèque l'annuaire officiel des marées. Je m'installai au pupitre, entouré de mes compagnons debout, car j'avais en quelque sorte pris le commandement de l'expédition.

Rien à faire. Il y avait des centaines de rubriques, et, autant que je pus voir, 22 h 17 s'appliquait à cinquante endroits. Il nous fallait trouver un moyen de rétrécir le champ de nos investigations.

Je me pris la tête à deux mains pour réfléchir. Il devait y avoir un moyen de déchiffrer cette énigme. Que voulait dire Scudder avec ses trente-neuf marches ? Je pensai à des marches de quai ; mais s'il s'était agi de cela, il n'eût pas mentionné leur nombre. Il devait s'agir d'un endroit comportant plusieurs escaliers, dont l'un se distinguait des autres par le fait de posséder trente-neuf marches.

Tout à coup il me vint une idée, et je me mis à rechercher tous les départs de paquebots. Aucun ne partait à 22 h 17.

Quelle importance avait la marée haute ? S'il s'agissait d'un port, ce devait être un petit port, où l'on attendait la marée, ou bien il s'agissait d'un navire à gros tirant d'eau. Mais aucun vapeur de service régulier ne partait à cette heure-là, et d'ailleurs je ne pouvais m'imaginer qu'ils iraient voyager sur un grand navire quittant un port régulier. Donc il s'agissait d'un petit port où la marée prenait de l'importance, ou même il n'y avait pas de port du tout.

Mais dans le cas d'un petit port, je ne voyais pas ce que les marches signifiaient. Aucun port à ma connaissance ne présentait une série d'escaliers. Ce devait être plutôt un endroit que caractérisait un escalier déterminé, et où la mer était pleine à 22 h 17. En somme je conjecturai que l'endroit devait se trouver sur une côte sans abri. Mais les escaliers continuaient à m'embarrasser.

Je revins ensuite à des considérations plus générales. Par où y avait-il une chance qu'un homme partît pour l'Allemagne, un homme pressé, désirant faire une traversée rapide et secrète ? Assurément pas d'aucun des grands ports. Non plus que des côtes de la Manche, de l'Ouest ou de l'Écosse, étant donné que cet homme partait de Londres. Je mesurai les distances sur la carte et m'efforçai de me mettre dans la peau de mon adversaire. À sa place je gagnerais Ostende, Anvers ou Rotterdam, et je partirais de quelque part sur la côte Est, entre Cromer et Douvres.

Toutes ces conjectures demeuraient très vagues, et je ne prétends pas qu'elles étaient ingénieuses ni scientifiques. Je n'avais rien d'un Sherlock Holmes. Mais je me suis toujours reconnu une sorte d'instinct dans ces choses-là. Je ne sais si je me fais comprendre, mais je m'efforçais de tirer de ma raison tout ce qu'elle pouvait fournir et, une fois qu'elle se butait à une impasse, je m'en remettais à l'instinct, et mes intuitions se révélaient d'ordinaire correctes.

Je consignai donc toutes mes déductions sur une feuille du papier de l'amirauté. Je les libellai comme suit :

CERTITUDES ENTIÈRES

(1) Endroit où existent plusieurs escaliers ; celui en question se distingue par le fait qu'il a trente-neuf marches.

(2) Marée haute à 22 h 17. Appareillage uniquement possible à marée haute.

(3) Les marches ne sont pas des marches de quai : l'endroit n'est donc probablement pas un port.

(4) Pas de paquebot de nuit régulier à 22 h 17. Le moyen de transport doit être un caboteur (peu probable), un yacht ou un bateau de pêche.

Mon raisonnement n'allait pas plus loin. Je dressai une autre liste, que j'intitulai « Conjectures », mais je lui attribuais la même certitude qu'à l'autre.

CONJECTURES

(1) L'endroit n'est pas un port, mais une côte ouverte.

(2) Bateau petit – chalutier, yacht de plaisance ou canot à moteur.

(3) L'endroit, quelque part sur la côte, est entre Cromer et Douvres.

Il me sembla étrange d'être assis à ce bureau, sous les yeux d'un ministre, d'un maréchal de l'armée britannique, de deux hauts dignitaires du gouvernement et d'un général français, cependant que du griffonnage d'un défunt je m'efforçais d'extraire un secret qui était pour nous une question de vie ou de mort.

Sir Walter nous avait rejoints, et MacGillivray ne tarda pas à le suivre. Il venait d'envoyer des ordres pour faire rechercher, dans les ports et les gares, les trois hommes dont j'avais donné le signalement à sir Walter. Pas plus que les autres, toutefois, il ne croyait que cela pût servir à grand-chose.

— Voici tout ce que je peux y voir, dis-je. Il nous faut découvrir un lieu où plusieurs escaliers descendent au rivage, l'un de ces escaliers possédant trente-neuf marches. Ce lieu me paraît situé sur une côte ouverte, aux falaises assez élevées, quelque part entre le Walsh[1] et la Manche. De plus en cet endroit la mer est haute demain soir à 22 h 17.

Puis une idée me vint. J'ajoutai :

— N'y a-t-il pas un inspecteur des garde-côtes ou quelqu'un du même genre qui connaisse la côte Est ?

Whittaker en connaissait un, qui habitait Clapham. Il partit en voiture le chercher, et nous

1. Estuaire sur la côte Est entre le Norfolk et le Lincolnshire.

restâmes dans la petite salle à l'attendre, en discutant de choses et d'autres. J'allumai une pipe et repassai toute l'affaire au point de m'endolorir les méninges.

Vers 1 heure du matin, le garde-côte arriva. C'était un vieil homme portant beau, qui ressemblait à un officier de marine et qui nous témoignait un respect excessif. Je laissai le ministre de la Guerre l'interroger lui-même, car je sentais qu'il me trouverait déplacé de parler le premier.

— Voudriez-vous nous énumérer les endroits que vous connaissez sur la côte Est où il y a des falaises et où plusieurs escaliers descendent à la mer ?

Il réfléchit un instant.

— De quel genre d'escalier parlez-vous, monsieur ? Il existe beaucoup d'endroits où des chemins sont taillés dans la falaise, et beaucoup de ces chemins possèdent quelques marches. Ou parlez-vous d'escaliers ordinaires, d'escaliers tout en marches, si l'on peut dire ?

Sir Walter se tourna vers moi.

— Nous parlons d'escaliers ordinaires, dis-je.

Il réfléchit une minute ou deux.

— Il me semble que je n'en connais pas. Mais attendez. Il y a un endroit du Norfolk – Brattlesham –, auprès d'un terrain de golf, où se trouvent des escaliers pour permettre aux joueurs d'aller chercher les balles perdues.

— Ce n'est pas cela, dis-je.

— Il y a ensuite beaucoup promenades sur les digues ; c'est peut-être ce que vous voulez dire. Chaque station de bains de mer en possède.

Je fis un signe négatif.

— Ça doit être plus isolé que cela, dis-je.

— Ma foi, messieurs, je ne vois rien d'autre. À moins que, peut-être, le Ruff...

— Qu'est-ce que le Ruff ? demandai-je.

— C'est un grand promontoire de calcaire, dans le Kent, tout près de Bradgate. On a bâti dessus un tas de villas, dont plusieurs ont des escaliers descendant à une crique privée. C'est un endroit tout à fait grand genre, et ceux qui y résident aiment être tranquilles chez eux.

J'ouvris en toute hâte l'annuaire des marées et cherchai Bradgate. La marée haute y était le 15 juin, à 22 h 27.

— Nous voilà enfin sur la piste, m'écriai-je avec animation. Comment puis-je savoir l'heure de la marée au Ruff ?

— Je vais vous le dire, monsieur, fit le garde-côte. J'ai une fois occupé une maison là-bas à la même période, et je sortais chaque soir pour aller pêcher en mer. La marée y est de dix minutes en avance sur Bradgate.

Je refermai le livre et regardai mes compagnons.

— Messieurs, leur dis-je, si l'un de ces escaliers possède trente-neuf marches, nous avons résolu le problème. Je voudrais que vous me prêtiez votre voiture, sir Walter, et une carte routière.

Si M. MacGillivray veut bien m'accorder dix minutes, nous pourrons combiner quelque chose pour demain.

Je sentais le ridicule de prendre ainsi la direction de l'affaire, mais ils ne parurent pas s'en apercevoir, et après tout, puisque j'avais moi-même ouvert la danse... D'ailleurs les entreprises ardues me connaissaient, et ces éminents personnages étaient trop avisés pour ne pas le voir. Ce fut le général Royer qui me donna tous pouvoirs.

— Pour ma part, dit-il, je remets volontiers l'affaire entre les mains de M. Hannay.

À 3 heures et demie, je filais à toute vitesse au clair de lune entre les haies du Kent, avec le meilleur policier de MacGillivray sur le siège à côté de moi.

10
Où plusieurs parties prenantes se retrouvent à la mer

Par un matin de juin rose et bleu, je me trouvais à Bradgate, dominant du Griffin Hotel une mer d'huile où le bateau-phare du banc de Cock se réduisait aux dimensions d'une bouée de sauvetage. Quelques milles au-delà vers le sud, et beaucoup plus près de la côte, un petit torpilleur avait jeté l'ancre. En sa qualité d'ancien marin, Scaife, l'homme de MacGillivray, reconnut le navire, et me dit son nom et celui du commandant. Je pus donc télégraphier aussitôt à sir Walter.

Après le petit déjeuner, Scaife obtint d'un agent immobilier la clef ouvrant les portes des six ou sept escaliers du Ruff. Je l'y accompagnai à pied par la plage et, tandis qu'il les explorait successivement, je restai caché dans un creux de falaise, car je ne voulais pas risquer d'être vu. Mais à cette heure les environs étaient absolument déserts, et tout le temps que je restai sur ce rivage, je ne vis rien que des mouettes.

Il mit plus d'une heure à remplir sa mission et, lorsque je le vis revenir vers moi, consultant un bout de papier, je ne nierai pas que je me sentis ému. Tout, en effet, reposait sur l'exactitude de ma supposition.

Il me lut à haute voix le nombre des marches de chaque escalier : 34, 33, 39, 42, 47, puis, à l'endroit où la falaise s'abaissait : 21. Je faillis pousser un cri en me dressant.

Nous regagnâmes la ville en toute hâte pour télégraphier à MacGillivray. Je lui demandai six hommes, qui auraient à se répartir entre plusieurs hôtels déterminés. Après quoi Scaife se mit en devoir de jeter un coup d'œil sur la maison d'où descendaient les trente-neuf marches.

Les nouvelles qu'il me rapporta m'intriguèrent et me rassurèrent à la fois. La maison, Trafalgar Lodge, appartenait à un vieux monsieur nommé Appleton – un agent de change retiré des affaires, disait le loueur de villas. M. Appleton, qui passait là une bonne partie de l'été, s'y trouvait actuellement depuis près de huit jours. Scaife ne put recueillir beaucoup de détails à son sujet, sinon que ce vieillard était tout à fait comme il faut, payait régulièrement ses factures et tenait toujours un billet de cinq livres à la disposition des bonnes œuvres du coin. Mais de plus Scaife réussit à pénétrer dans la maison par la porte de service, en se faisant passer pour un représentant en machines à coudre. La domesticité se composait de trois personnes seulement – une cuisinière, une servante, une femme de chambre –, qui ressemblaient à toutes celles qu'on trouve dans un honnête intérieur bourgeois. La cuisinière n'était pas bavarde, et elle eut vite fait de mettre à la porte Scaife. Mais celui-ci crut pouvoir m'affirmer qu'elle ne savait rien. La maison attenante, en construction, offrait un bon abri pour l'observation ; de l'autre côté, une villa à louer possédait un jardin négligé et broussailleux.

J'empruntai la longue-vue de Scaife et partis faire un tour sur le Ruff avant le déjeuner. Je me tins constamment derrière la rangée des villas et trouvai un bon poste d'observation à la lisière du terrain de golf. De là, je découvrais la bande de gazon qui longeait le sommet de la falaise, avec des bancs disposés à intervalles réguliers, et les petits enfoncements carrés, munis de garde-fous et entourés de plates-bandes, par où les escaliers descendaient à la plage. Je voyais parfaitement Trafalgar Lodge, villa de briques rouges avec une véranda, située entre une pelouse de tennis derrière et, devant, le classique jardinet des stations balnéaires, plein de marguerites et de géraniums rabougris. D'un mât gigantesque, un Union Jack retombait en longs plis dans l'air immobile.

Je ne tardai pas à voir quelqu'un sortir de la maison et marcher sur la falaise. Lorsque je le tins dans le champ de ma longue-vue, je distinguai un vieillard vêtu d'un pantalon de flanelle blanche, d'une veste de drap bleu, coiffé d'un chapeau de paille, qui tenait à la main une jumelle marine et un journal. Il s'assit sur l'un des bancs de fer et se mit à lire. Par instants il posait sa feuille et dirigeait sa jumelle sur la mer. Il examina longuement le torpilleur. Après environ une demi-heure, il se leva et rentra dans la maison pour déjeuner. De mon côté, je retournai à l'hôtel.

Tout cela ne m'inspirait pas confiance. Cette honnête et banale demeure ne répondait guère à mon attente. Cet homme était-il l'archéologue chauve de l'odieuse ferme de la lande ? Impossible de le dire. Il ressemblait tout à fait à ces vieux papys que l'on rencontre immanquablement dans la banlieue et aux bains de mer. On n'eût pu trouver meilleur spécimen d'individu absolument inoffensif.

Mais après déjeuner, assis sur la terrasse de l'hôtel, je repris courage en voyant apparaître l'objet précis que j'attendais et que j'avais craint de ne pas voir. Un yacht arriva du sud et jeta l'ancre tout juste en face du Ruff. C'était un bateau d'environ cent cinquante tonnes, et son enseigne blanche me montra qu'il appartenait à l'escadre. En conséquence je descendis au port avec Scaife, et nous engageâmes un batelier pour nous mener à la pêche.

C'était un après-midi calme et chaud. Nous prîmes à nous deux environ vingt livres de perches et d'églefins, et le bercement de la mer bleue me fit envisager la situation sous un jour meilleur.

Au sommet des blanches falaises du Ruff je voyais le rouge et le vert des villas, et en particulier le grand mât de pavillon de Trafalgar Lodge. Vers 16 heures, quand nous en eûmes assez de la pêche, je commandai au matelot de nous promener autour du yacht, qui semblait posé sur la mer comme un bel oiseau blanc prêt à prendre son essor. Scaife me déclara que ce devait être un bâtiment très rapide, et pourvu d'une machinerie puissante.

Il se nommait l'*Ariadne*, comme me l'apprit le béret d'un de ses hommes occupé à astiquer des cuivres. Je lui adressai la parole, et il me répondit dans l'aimable parler de l'Essex. Un autre matelot arriva et échangea quelques mots avec moi dans un anglais fort correct. Notre batelier entama une conversation avec l'un d'eux au sujet du temps, et nous restâmes ainsi quelques minutes à nous balancer à une longueur d'aviron des écubiers de tribord.

Mais soudain les hommes se détournèrent de nous et se penchèrent sur leur besogne : un officier s'approchait sur le pont. C'était un jeune homme avenant à l'aspect soigné, qui nous posa quelques questions concernant notre pêche dans le meilleur anglais. Mais il ne pouvait y avoir de doute à son égard. Sa chevelure coupée ras, non plus que son col et sa cravate, ne faisaient pas anglais.

Cela contribuait un peu à me rassurer ; mais en regagnant Bradgate à l'aviron, mes doutes revinrent avec obstination. Mon principal souci était de me dire que mes ennemis savaient que je tenais mes informations de Scudder, et que c'était Scudder qui m'avait mis sur la piste pour trouver cet endroit. S'ils savaient que Scudder possédait cet indice, ne modifieraient-ils pas inévitablement leur plan ? Ils attachaient trop d'importance à leur réussite pour rien laisser au hasard. Restait donc à savoir jusqu'à quel point ils se trouvaient informés de ce que savait Scudder. La veille au soir, je déclarais avec assurance que les Allemands ne dévient jamais de la ligne tracée. Cependant, s'ils soupçonnaient le moins du monde que je tenais leur piste, ils ne commettraient pas la sottise de ne pas la brouiller. Je me demandai si l'homme d'hier soir s'était aperçu que je le reconnaissais. Je ne le croyais pas et je m'attachai à cette certitude. Mais toute l'affaire ne m'avait jamais paru aussi difficile que cet après-midi-là, alors que, tout compte fait, j'aurais dû me réjouir d'un succès assuré.

À l'hôtel, je rencontrai le commandant du torpilleur, auquel Scaife me présenta et avec qui j'échangeai quelques mots. Après quoi je crus bon de consacrer une heure ou deux à surveiller Trafalgar Lodge.

Je trouvai plus loin sur la hauteur un endroit propice dans le jardin d'une maison inoccupée. De là, j'apercevais en plein la pelouse, où deux personnages jouaient au tennis. L'un était le vieillard déjà observé, l'autre était plus jeune et portait à la taille une écharpe aux couleurs d'un club. Ils jouaient avec une activité frénétique, tels des gens de la ville qui recherchent l'exercice physique pour se décrasser les pores de la peau. On ne pouvait imaginer plus innocent spectacle. Ils s'apostrophaient et riaient, et ils s'arrêtèrent pour boire lorsqu'une servante leur apporta deux gobelets sur un plateau. Je n'en croyais pas mes yeux, me demandant si je n'étais pas le bel imbécile de la terre. Un mystère profond enveloppait les hommes qui m'avaient pourchassé sur la lande d'Écosse en avion et en auto, ainsi que le diabolique archéologue. Il était tout simple d'attribuer à ces gens-là le coup de couteau qui cloua Scudder au parquet, aussi bien que des projets fatals à la paix du monde. Mais ces deux impeccables citoyens qui d'amusaient de manière si inoffensive et s'apprêtaient à se mettre à table pour dîner en causant platement de Bourse, de cricket et de ragots dans leur anglais un peu snob ! J'avais tissé un filet pour prendre des vautours et des faucons, et patatras ! Voilà que deux grosses perdrix venaient se jeter dedans !

Surgit ensuite un troisième personnage, un jeune homme à bicyclette portant sur le dos un sac de golf. Il s'en alla vers la pelouse de tennis, où les joueurs l'accueillirent tumultueusement. De toute évidence ces derniers le blaguaient, et leur humour sonnait terriblement anglais. Puis le gros homme, s'épongeant le front à l'aide d'un foulard de soie, déclara qu'il allait prendre un bain. Je l'entendis prononcer mot pour mot : « Je suis absolument en nage, Bob. Ça va diminuer mon poids et mon handicap. Vous verrez demain si je ne vous bats pas ;

je vous rends même un coup d'avance. » On trouverait difficilement expressions plus anglaises.

Ils rentrèrent tous trois dans la maison, et je me sentis ridicule. Cette fois, j'avais frappé à la mauvaise porte. Ces hommes jouaient peut-être la comédie ; mais pour quel public ? Ils ne savaient pas que j'étais à trente mètres d'eux, caché derrière un rhododendron. Il était réellement impossible de croire que ces trois joyeux compagnons fussent autre chose que ce qu'ils paraissaient être : c'est-à-dire trois banals Anglais, banlieusards, sportifs, ennuyeux, si l'on veut, mais abjectement innocents.

Et pourtant ils *étaient* trois ; et l'un était vieux, l'autre gros, le troisième brun et maigre ; et leur maison concordait avec les notes de Scudder. Et à un demi-mille au large se balançait un yacht à vapeur avec à bord au moins un officier allemand. Je songeai à Karolidès assassiné, à l'Europe menacée du cataclysme et à ceux que j'avais laissés à Londres et qui attendaient anxieusement ce qui allait se passer dans les prochaines heures. On ne pouvait douter que l'enfer fût déchaîné quelque part. La Pierre-Noire avait gagné la partie et, si elle survivait à cette nuit de juin, elle placerait son gain en banque.

Il ne me restait plus qu'une chose à faire : aller de l'avant, et à fond, comme si je ne doutais de rien, au risque de me rendre ridicule. De ma vie, je n'ai entrepris une tâche avec plus de répugnance. J'aurais préféré, dans la disposition d'esprit où j'étais alors, entrer dans un repaire d'anarchistes tous browning au poing, ou combattre un lion furieux avec un pistolet à air comprimé, plutôt que de pénétrer dans l'heureuse demeure de ces trois joyeux Anglais pour leur dire que rien n'allait plus. Ils se moqueraient bien de moi !

Mais soudain je me rappelai une chose que m'avait dite autrefois en Rhodésie le vieux Peter Pienaar. J'ai déjà cité Peter dans ce récit. C'était le meilleur éclaireur que j'aie jamais connu, et avant de se convertir à la respectabilité, il piétina bien souvent les plates-bandes de la loi, ce qui lui valut d'être recherché activement par les autorités. Examinant un jour avec moi le chapitre des déguisements, Peter me sortit une théorie qui me frappa. D'après lui, en dehors des certitudes absolues telles que les empreintes digitales, la simple apparence physique avait bien peu d'utilité pour l'identification dès lors que le fugitif savait réellement son affaire. Les cheveux teints et les fausses barbes le faisaient rire, ainsi que les autres puérilités du même genre. Une seule chose importait selon Peter : l'atmosphère. Celui qui arrive à se situer dans un milieu absolument différent de celui qui l'entourait lorsqu'on le vit d'abord, et qui en outre – c'est le plus important – se met au diapason de ce milieu et se conduit comme s'il n'en était jamais sorti, celui-là est capable de dérouter les plus fins détectives. Et il vous racontait cette anecdote à l'appui : ayant un jour emprunté un habit noir, il alla à l'église et assista à l'office côte à côte avec l'homme qui le recherchait. Si ce dernier l'avait vu en honnête compagnie avant ce jour-là, il l'eût reconnu ; mais il ne l'avait jamais vu que dans une taverne, occupé à moucher les lampes à coups de revolver.

Le souvenir des propos de Peter me donna le premier réconfort réel que j'eusse éprouvé de la journée. J'avais connu en Peter un vieil oiseau fort avisé, et par ailleurs les gars que je poursuivais étaient l'élite de la volière. Pourquoi ne joueraient-ils pas le jeu de Peter ? Un sot s'efforce de paraître différent ; un homme habile paraît lui-même tout en étant différent.

Peter avait encore une autre maxime, que j'utilisai dans mon rôle de cantonnier. « Si vous interprétez un personnage, vous ne serez jamais à sa hauteur tant que vous ne vous persuaderez pas que vous êtes ce personnage. » Le jeu de tennis s'expliquait peut-être ainsi. Ces gens n'avaient pas besoin de jouer la comédie : il leur suffisait de tourner la manette pour passer dans une autre vie, où ils évoluaient avec le même naturel que dans la première. Et Peter ne se lassait pas de répéter que c'était là le grand secret de tous les criminels célèbres.

Comme 20 heures approchaient, j'allai retrouver Scaife pour lui donner ses instructions. Je convins avec lui de la façon de disposer ses hommes et sortis ensuite faire un tour, car je ne me sentais aucun appétit. Je longeai le terrain de golf désert, puis gagnai un point de la falaise situé plus au nord derrière la rangée de villas. Sur les jolis petits chemins tout neufs je croisai des gens en villégiature qui revenaient du tennis ou de la plage, et un garde-côte du poste de T.S.F., plus des baudets et autres clowns qui rentraient chez eux. Au large, dans le crépuscule bleu, je vis des feux s'allumer sur l'*Ariadne*, et plus au sud sur le torpilleur ; et au-delà du banc de Cock, les feux plus puissants des vapeurs qui se dirigeaient vers la Tamise. Tout ce spectacle était si paisible et si normal que ma confiance décroissait à chaque minute. Vers 9 heures et demie, je dus prendre mon courage à deux mains pour m'en aller vers Trafalgar Lodge.

Chemin faisant je repris confiance à la vue d'un lévrier qui marchait d'un pas élastique derrière une bonne d'enfant. Il me rappela un chien que je possédais en Rhodésie, et l'époque où je l'emmenais sur les monts Pali chasser l'antilope, celle qui a le pelage gris-marron. Or, un jour que nous en poursuivions une, nous la perdîmes subitement tous les deux. Un lévrier se fie à sa vue, et j'ai moi-même de bons yeux ; mais le mâle après lequel nous étions s'évanouit purement et simplement du paysage. Par la suite je me rendis compte de sa manœuvre. Sur la roche grise il ne se détachait pas plus qu'un corbeau sur une nuée d'orage. Il n'avait pas besoin de courir : il lui suffisait de rester immobile pour se confondre avec le terrain.

À peine ce souvenir m'eut-il traversé l'esprit que je l'appliquai au cas présent et en tirai la conclusion suivante : les gens de la Pierre-Noire n'avaient pas besoin de fuir. Ils se fondaient tranquillement dans le paysage. J'étais sur la bonne piste ; et m'enfonçant cette vérité dans la tête, je me jurai de ne plus l'oublier. Le dernier mot restait à Peter Pienaar.

Les hommes de Scaife devaient être maintenant à leurs postes ; mais on ne voyait âme qui vive. La maison se livrait comme une place publique aux regards des passants. Une barrière de trois pieds de haut la séparait du chemin de la falaise. Toutes les fenêtres du rez-de-chaussée étaient ouvertes, et des lumières voilées ainsi qu'un murmure de voix indiquaient où ses habitants achevaient de dîner. C'était réellement la maison de verre. Avec l'impression d'être le plus grand sot de la terre, j'ouvris le portail et sonnai.

Un homme dans mon genre, qui a parcouru le monde à la dure, s'entend très bien avec deux catégories de gens, que l'on peut nommer la supérieure et l'inférieure. Il les comprend, et eux le comprennent. Je me trouvais en terrain connu avec des paysans, des chemineaux et des cantonniers ; j'étais également assez à l'aise avec des hommes comme sir Walter et ceux que j'avais rencontrés le soir précédent. J'en ignore la cause, mais c'est là un fait. Mais ce qu'un type de ma sorte ne comprend pas, c'est le monde béat et satisfait de la classe moyenne, les gens qui habitent dans les villas et en banlieue. J'ignore leur façon de voir, je ne partage pas leurs préjugés et je suis aussi intimidé par eux que par un ours brun. Quand une pimpante soubrette vint m'ouvrir la porte, j'eus peine à recouvrer la parole.

Je demandai M. Appleton et fus introduit. Mon plan était de marcher droit à la salle à manger et, par ma brusque apparition, de provoquer chez ces hommes, qui devaient me reconnaître, le sursaut révélateur qui eût confirmé mon hypothèse. Mais lorsque je me trouvai dans cet élégant vestibule, son aspect fit vaciller mes ceertitudes. Il y avait là ces clubs de golf et ces raquettes de tennis, ces chapeaux de paille et ces casquettes, cet assortiment de gants, ce porte-cannes garni, que l'on rencontre dans nombre demeures d'Angleterre. Une pile de pardessus et d'imperméables correctement pliés garnissait le dessus d'un coffre de chêne ancien ; une horloge ancestrale tiquetaquait. Des bassinoires de cuivre fourbi ornaient les murs avec un baromètre et une lithographie représentant Chiltern gagnant le St Leger. Cet intérieur était aussi orthodoxe qu'une église anglicane. Lorsque la jeune fille me demanda mon nom, je le lui donnai machinalement, et elle me fit entrer dans le fumoir, sur la droite du vestibule.

Le fumoir était pis encore. Je n'eus pas le temps de l'examiner en détail, mais je pus voir au-dessus de la cheminée plusieurs photographies encadrées, et j'aurais juré que ces groupes représentaient des collèges ou des universités anglaises. Je n'y jetai qu'un regard et, parvenant à me ressaisir, je suivis la fille. Mais j'arrivai trop tard. Elle avait déjà pénétré dans la salle à manger et dit mon nom à son maître : je manquai ainsi l'occasion de voir l'effet qu'il produisit sur les trois hommes.

À mon entrée, le vieil homme, placé à l'autre bout de la table, se leva pour venir au-devant de moi. Il était en habit de soirée – smoking et cravate noire –, comme l'autre, que j'appelais en moi-même le gros. Quant au troisième, l'individu brun, il portait un complet de serge bleu, un col blanc souple, et les couleurs d'un club ou d'un collège.

L'accueil du vieillard fut parfait.

— Monsieur Hannay ? dit-il avec hésitation. Vous désirez me parler ? Un instant, mes amis, je reviens. Voulez-vous passer dans le fumoir ?

Bien que je manquasse d'assurance, je m'efforçai de jouer mon rôle. Sans obéir à son invitation, je pris une chaise et m'y installai.

— Je pense que nous nous sommes déjà rencontrés, dis-je, et vous devez connaître l'affaire qui m'amène.

La pièce était peu éclairée, mais je pus néanmoins voir, à la physionomie des trois hommes, qu'ils simulaient à merveille l'incompréhension.

— Possible, possible, répartit le vieillard. Je n'ai pas très bonne mémoire, mais je vous prierais néanmoins, monsieur, d'exposer le but de votre mission, car en vérité je l'ignore.

— Eh bien ! Voilà, repris-je (alors que je me faisais tout l'effet de raconter de pures inepties), je suis venu vous dire que rien ne va plus. J'ai en poche un mandat d'arrêt contre vous trois, messieurs.

— Un mandat d'arrêt ! fit le vieil homme, d'un air authentiquement scandalisé. Un mandat d'arrêt ! Juste ciel, et pour quel crime ?

— Pour l'assassinat de Franklin Scudder, à Londres, le 23 mai dernier.

— C'est la première fois que j'entends ce nom, répliqua le vieillard, d'un air abasourdi.

L'un de ses compagnons prit la parole :

— C'est l'homme assassiné à Portland Place. Je me rappelle l'avoir lu. Mais bon Dieu, monsieur, c'est de la démence ! D'où sortez-vous donc ?

— De Scotland Yard, répondis-je.

Il y eut alors une minute de parfait silence. Le vieillard, les yeux baissés sur son assiette, tripotait une noix. Il incarnait la stupeur de l'innocence.

Puis le gros parla. Il hésitait un peu, comme s'il cherchait ses mots.

— Ne vous tourmentez pas, mon oncle, fit-il. Ce n'est rien qu'une absurde méprise, comme il en arrive parfois. Mais nous n'aurons pas de peine à rétablir les faits et à démontrer notre innocence. Je puis prouver que, le 23 mai, je n'étais pas en Angleterre, et que Bob était dans un sanatorium. Vous étiez à Londres, il est vrai, mais vous pouvez dire ce que vous faisiez ce jour-là.

— Naturellement, Percy ! Rien de plus facile. Le 23 ? C'était le lendemain du mariage d'Agatha... Ce que je faisais ? Voyons. Je suis arrivé le matin de

Woking et j'ai déjeuné au club avec Charlie Symons. Après... Ah oui ! J'ai dîné chez les Fishmonger. Je me le rappelle, car le punch ne m'a pas réussi, et je me suis trouvé indisposé le lendemain. Et tenez, quand le diable y serait, voici la boîte à cigares dont on m'a fait cadeau à ce dîner.

Et avec un rire nerveux, il désigna l'objet sur la table.

— Je crois, monsieur, dit le jeune homme, s'adressant à moi avec déférence, que vous reconnaissez votre erreur. Comme tous les Anglais, nous ne demandons pas mieux que d'aider la justice. Mais nous ne voulons pas que les gens de Scotland Yard se rendent ridicules. N'est-ce pas, mon oncle ?

Le vieillard sembla recouvrer la parole.

— Assurément, Bob, assurément, nous ferons tout notre possible pour aider les autorités. Mais... mais cela est un peu exagéré. Je n'en reviens pas.

— Comme Nellie va rire, dit le gros homme. Elle qui prétend toujours que vous finirez par mourir d'ennui parce qu'il ne vous arrive jamais rien. Mais cette fois, vous êtes servi !

Et il se mit à rire, l'air très amusé.

— C'est pardieu vrai. Quand j'y pense ! Quelle histoire cela fera pour le club ! En vérité, monsieur Hannay, je devrais plutôt me fâcher, invoquer mon innocence ; mais c'est vraiment trop cocasse ! Je vous pardonne presque la peur que vous m'avez faite. À vous voir si funèbre, je me demandais si par hasard je n'avais pas tué quelqu'un dans un accès de somnambulisme.

C'était trop évidemment sincère pour être de la comédie. Tout courage m'abandonnait, et mon premier mouvement fut de m'excuser et de déguerpir. Mais je me répétai que je devais aller jusqu'au bout, dussé-je devenir la risée du Royaume-Uni. Les bougies de la table donnaient un éclairage insuffisant, et pour cacher mon trouble je me levai, m'approchai de la porte et, tournant le commutateur, donnai l'électricité. La brusque illumination les éblouit tous, et j'en profitai pour examiner les trois visages.

Ils ne m'apprirent rien. L'un était vieux et chauve, l'autre épais, le troisième brun et mince. D'après leurs physionomies, rien n'empêchait ces trois hommes d'être ceux qui m'avaient persécuté en Écosse, mais rien non plus ne me permettait de les identifier. J'en suis encore à me demander par quel mystère, après avoir, dans le personnage du cantonnier, scruté deux de ces paires d'yeux et, dans celui de Ned Ainslie, la troisième, je ne pus alors me faire une certitude, malgré ma bonne mémoire et ma passable faculté d'observation. Tous trois semblaient être exactement ce qu'ils prétendaient, et je n'étais sûr d'en reconnaître aucun.

Dans cette salle à manger très gaie, avec ses eaux-fortes aux murs et le portrait d'une vieille dame en grands atours au-dessus de la cheminée, je n'apercevais rien qui pût rappeler les bandits de la lande. Sur l'étui à cigarettes en argent posé à côté de moi je lisais qu'il avait été gagné par Percival Appleton, Esq., du club St Bede, dans un concours de golf... Il me fallut me raccrocher ferme à Peter Pienaar pour ne pas déguerpir aussitôt de la maison.

— Eh bien, monsieur, dit poliment le vieillard, êtes-vous satisfait de votre examen ?

Il me fut impossible d'articuler un mot.

— Vous reconnaîtrez, j'espère, qu'il est de votre devoir d'abandonner cette ridicule affaire. Je ne porte pas plainte, mais vous sentez bien quel ennui ce doit être pour des gens honorables.

Je fis un signe négatif.

— Pardieu ! s'exclama le jeune homme. Voilà qui est fort de café.

— Auriez-vous l'intention de nous emmener au poste ? demanda le gros. Ce serait peut-être le meilleur moyen d'en finir, mais je suppose que le commissariat local ne vous satisferait pas. J'ai le droit de vous faire exhiber votre mandat, mais je ne tiens pas à vous attirer des désagréments. Vous accomplissez votre devoir, après tout. Mais vous admettrez que c'est là une affreuse maladresse. Quelles sont vos intentions ?

Il ne me restait plus qu'une alternative : ou bien appeler mes hommes pour les faire arrêter tous trois, ou bien reconnaître mon erreur et partir séance tenante. Je me sentis hypnotisé par tout cet entourage, par l'innocence évidente – et non seulement par l'innocence, mais par l'étonnement et l'ennui ingénus qu'exprimaient ces trois honnêtes visages.

« Oh ! Peter Pienaar ! » me lamentai-je en moi-même.

Un instant je fus sur le point de me traiter d'idiot et de leur présenter mes excuses.

— En attendant, je propose une partie de bridge, dit le gros. Cela donnera le temps de réfléchir à M. Hannay. Vous savez d'ailleurs qu'il nous fallait un quatrième. Jouez-vous, monsieur ?

J'acceptai comme s'il se fût agi d'une banale invitation au club. Tout cet ensemble m'avait hypnotisé, je le répète. Nous passâmes dans le fumoir où une table de jeu était dressée, et l'on m'offrit à boire et à fumer. Je pris place à la table comme dans un songe. Par la fenêtre ouverte on voyait la lune baigner de sa lumière blonde les falaises et la mer. Les trois hommes avaient repris leur sang-froid et causaient avec aisance, émaillant leur conversation de cet argot inévitable dans une maison de joueurs de golf. Je devais faire une drôle de tête, au milieu d'eux, avec mes sourcils froncés et mes regards errants.

Mon partenaire était le jeune homme brun. Je joue bien au bridge, d'habitude, mais ce soir-là je dus être absolument exécrable. Ils me sentaient dérouté, et cela leur inspirait une confiance toujours croissante. Je ne les perdais pas de vue, mais leurs traits ne m'apprenaient rien. Non seulement ils avaient l'air autres, mais ils *étaient* autres. Je me raccrochai désespérément aux maximes de Peter Pienaar.

Ce fut un petit incident qui m'ouvrit les yeux.

Le vieillard alla pour prendre un cigare. Mais au lieu de le choisir tout de suite, il laissa retomber sa main et s'adossa un instant à son fauteuil, tandis que ses doigts tambourinaient sur ses genoux.

Je lui avais vu faire ce même geste dans la ferme de la lande alors que je me tenais devant lui, avec, braqués sur moi, les revolvers de ses serviteurs.

C'était un rien, qui dura une seconde à peine, et il y avait mille chances contre une pour qu'il m'échappât, mais je le surpris, et en un clin d'œil l'atmosphère me parut s'éclaircir. Le brouillard qui enveloppait mon cerveau se dissipa, et ce fut en pleine et absolue certitude que je reconnus les trois hommes.

La pendule de la cheminée sonna alors 22 heures.

Leurs visages me parurent se métamorphoser sous mes yeux et me révéler leurs secrets. Le jeune était l'assassin. Je discernais à présent une impitoyable cruauté là où je ne voyais tantôt que de la bonne humeur. C'était son poignard, je n'en doutais plus, qui avait cloué Scudder au parquet ; c'était son pareil qui avait percé d'une balle Karolidès.

Les traits du gros homme me semblaient se dissocier et se reformer continuellement sous mes yeux. Il possédait non pas un seul visage, mais bien cent masques divers qu'il revêtait à son gré. Ce garçon eût fait un acteur admirable. J'ignorais si oui ou non c'était lui le lord Alloa de la soirée précédente, mais peu m'importait. C'était lui, je le devinais, qui avait d'abord repéré Scudder et l'avait suivi. D'après Scudder, il zézayait, et j'imaginais sans peine combien cette affectation pouvait contribuer à le rendre effrayant.

Mais le vieux les dépassait de loin. C'était le cerveau : glacial, calculateur, avec la précision d'un marteau-pilon. À présent que mes yeux s'étaient dessillés, je ne voyais plus en lui aucune affabilité. Sa mâchoire semblait avoir la trempe de l'acier, et ses yeux l'inhumaine phosphorescence des yeux d'oiseau.

Cependant je jouais toujours, et à chaque seconde une haine plus grande inondait mon cœur. Elle m'étouffait, et je n'arrivais plus à répondre à mon partenaire. Leur compagnie à tous me devenait de plus en plus intolérable...

— Hé ! Bob, regardez donc l'heure ! dit le vieillard. Vous ferez bien de songer à prendre votre train. Bob doit aller en ville ce soir, ajouta-t-il, en s'adressant à moi.

Son ton était à présent d'une fausseté désarmante.

Je consultai la pendule. Il était près de 22 h 30.

— Je regrette, mais il lui faut renoncer à ce voyage, déclarai-je.

— Oh non ! fit le jeune homme. Je croyais que vous aviez laissé tomber cette ineptie. Je suis réellement forcé de partir. Je vous laisserai mon adresse si vous voulez, avec les garanties que vous jugerez convenables.

— Non, il faut que vous restiez, répliquai-je.

Ils durent comprendre que la partie était perdue. Leur unique espoir était de me persuader que je me trompais grossièrement, et cet espoir leur échappait. Mais le vieillard prit de nouveau la parole.

— Je me porte garant pour mon neveu. Cela doit vous suffire, monsieur Hannay.

C'était peut-être l'imagination, mais je crus remarquer de l'embarras dans la placidité de son ton.

Il y en avait certainement, car, lorsque je le regardai, ses paupières retombèrent comme celles d'un épervier, expression que la crainte avait gravée dans la mémoire.

Je donnai un coup de sifflet.

Au même instant la lumière s'éteignit. Deux bras vigoureux m'enveloppèrent le torse, fouillant les poches où l'on porte d'habitude un revolver.

— *Schnell, Franz ! Das Boot, das Boot* ! cria une voix, tandis que je voyais deux de mes gens apparaître sur la pelouse illuminée.

Le jeune homme brun s'élança et, sautant par la fenêtre, il franchit la clôture basse avant qu'une main ne pût le saisir. J'agrippai le vieux, et la pièce se remplit de monde. Je vis empoigner le gros, mais je ne m'occupais que du dehors, où Franz galopait vers l'escalier de la plage. Un homme le poursuivait, mais sans succès. La porte de l'escalier se referma derrière le fugitif, et je restai là, toujours serrant la gorge du vieux pendant la durée nécessaire pour effectuer la descente des marches jusqu'à la mer.

Soudain mon prisonnier m'échappa et s'élança vers le mur. Il se fit un déclic, comme d'une manette rabattue. Puis retentit un grondement lointain, bien au-dessous du niveau du sol, et par la fenêtre je vis un nuage de craie pulvérisée jaillir à l'entrée de l'escalier.

Quelqu'un ralluma l'électricité.

Le vieillard me considérait avec des yeux flamboyants.

— Il est sauvé, s'écria-t-il. Vous ne l'attraperez pas. Il est déjà loin... et victorieux... *Der Schwarze stein ist in der Siegeskrone*[1].

Ses yeux exprimaient plus que la simple joie du triomphe. Naguère encapuchonnés comme ceux d'un oiseau de proie, ils étincelaient à présent d'un orgueil farouche. Une éclatante flambée de fanatisme les emplissait, et je compris enfin quelle puissance formidable j'avais combattue. Cet homme était plus qu'un espion ; c'était, à sa façon perverse, un patriote.

1. « La Pierre-Noire est enchâssée dans la couronne de la victoire. »

Tandis que les menottes se refermaient sur ses poignets, je lui lançai ce dernier trait :

— Je souhaite que Franz supporte bien sa victoire. Je dois vous dire que depuis une heure l'*Ariadne* est sous pavillon britannique.

Six semaines plus tard, comme chacun sait, nous étions en guerre. Je m'engageai dès la première semaine dans l'armée nouvelle, où mon expérience acquise en pays Matabélé me valut tout de suite le grade de capitaine. Mais j'avais, je crois, fait ma vraie campagne avant de revêtir l'uniforme kaki.

DANS LA MÊME COLLECTION

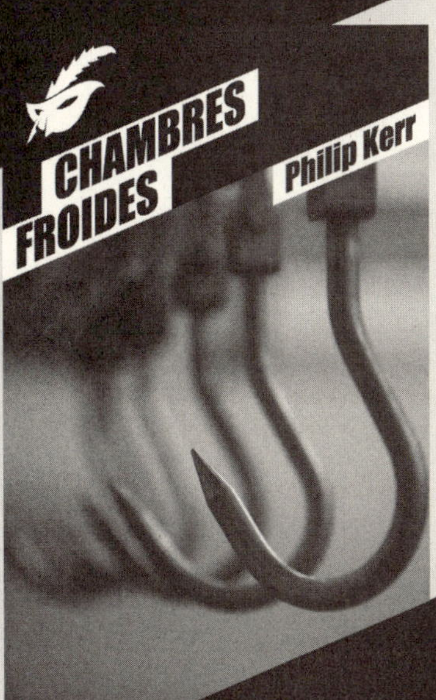

MASQUE POCHE

PAPIER À BASE DE
FIBRES CERTIFIÉES

LE MASQUE
s'engage pour l'environnement
en réduisant l'empreinte carbone
de ses livres.
Celle de cet exemplaire est de :
280 g éq. CO_2
Rendez-vous sur
www.lemasque-durable.fr

Composition réalisée par JOUVE - 45770 Saran

Achevé d'imprimer en août 2012, en France sur Presse Offset par
Maury-Imprimeur - 45330 Malesherbes
N° d'imprimeur : 175552
Dépôt légal : octobre 2012 – Édition 01